小説

劇場版モノノ怪 火鼠

新 八角

角川文庫
24526

目次

主な登場人物

薬売り　大奥に現れた、妖《あや》しげな男。
時田《ときた》フキ　高位の奥女中。天子様《てんしさま》の寵愛《ちょうあい》を受けている。
大友《おおとも》ボタン　高位の奥女中。名家の娘として、大奥でも一目置かれる。
坂下《さかした》　大奥の護衛、門番役を司《つかさど》る広敷番《ひろしきばん》の古参。
クメ　トメ　フク　下位の奥女中。仲の良い三人娘。
時田良路《よしみち》　フキの父。元商人だが、娘のおかげで武士の身分を得た。
大友勝秀《かつひで》　ボタンの父。老中筆頭《ろうじゅう》として、国政を取り仕切る権力者。
アサ　中位の奥女中。新参者だが、衆に優れて有能。

序

人は言う。

大奥とは、しきたりであると。

男子禁制を筆頭とする法度の数々、朝から晩まで事細かに決められた行事の山。あるいは百五十年にわたり女中たちが受け継ぎ、背負ってきた数多《あまた》の習わし。その一つ一つを守ることが、大奥で生きるということなのだと。

人は言う。

大奥とは、政《まつりごと》であると。

天子様《てんしさま》の寵愛《ちょうあい》は、それを受ける娘に留《とど》まらず、その家筋の栄えを約束する。大奥での女中の位階は、大名たる父親たちの権力にも影響を与え、影が身体を操るごとく、日の本の行く末を決めることになる。すなわち、政治とは御殿の奥——大奥という、女の城より始まるものだと。

人は言う。

大奥とは、務めであると。

天子様、御台様《みだいさま》の御世話をするため、三千人もの女中一人一人が役目を持っている。炊事、裁縫、あるいは見回り。自分の全てを捧《ささ》げて、大奥という営みの一部となる。ひいては、それが日の本を守ることになるのだと。

しかし、御中臈《おちゆうろう》の一人である時田《ときた》フキに言わせれば、大奥とは、寝床である。男と女が交わって、子をなすための場所。その他のことは、おまけに過ぎない。いや、しきたりも政も務めも、全てはこの寝床を守るためにこそ、あるのではないか。

始まりは、惣触《そうぶ》れである。御鈴《おすず》廊下に高位の奥女中が並び座して、その前を天子様が歩くのだ。夜伽《よとぎ》の相手として気に入った者がいれば、天子様はその前で立ち止まる。傍らには三角枡《ます》が置かれており、ひとたび選ばれると御水が注がれた。それを飲み干すことは、すなわち夜伽の誘いを承諾した、ということになる。

このところ、フキの前を除いて天子様が止まることはなかった。

――またフキ様よ。

――天子様も随分な熱の入れようね。

――御台様はとんとご無沙汰《ぶさた》。

――ボタン様は夜伽にご興味ないご様子。

――フキ様の勢いは増すばかりね。

他の御中﨟たちがひそひそと交わす噂話が、ぽつりぽつりと浮かんでは消える。

御水を飲んだら、すぐに夜伽のための支度が始まる。まずは湯に浸《つ》かり、十もの糠《ぬか》袋を使って身体を磨いた。髪はよく梳《と》かして、櫛巻《くしま》きにまとめ、その後は時間をかけて化粧を施す。最後に、白羽二重に白綸子《りんず》の寝間着を重ねてまとった。

時が来たら、天子様の待つ夜伽の間へ向かう。提灯《ちょうちん》を持った御伽坊主《おとぎぼうず》が先導し、他の御中﨟は後ろに付き従った。道すがら、奥女中たちの視線を背負えば、自然、身体は重くなる。その夜、身一つに期待も嫉妬《しっと》もあこがれも、全て宿して天子様と床を共にするのだ。あるいは、明日の朝には一人の奥女中ではなしに、次の天子様の母になっているかもしれない。

御鈴廊下の先の茅《ち》の輪をくぐると、夜伽の間はすぐそこまで迫っている。服を一枚、また一枚と脱いで裸になる。先に待ち受ける天子様もまた、その眩《まばゆ》い肌を露《あら》わにして、待ち受ける。

夜伽の相手はまず天子様と御水を互いに飲ませ合うのがしきたりだった。一息に枡を傾け、天子様に水を飲ませると、平生は能面のように静かな顔がふと曇る。そして、まるで仕返しをする子供のように、御水を手荒に飲ませようとするのだ。勢いのあまり水が口からあふれるが、それもどこか心地よい。天子様を責め、苛立《いらだ》たせる。これこそ、夜伽の者だけに許された戯れだった。

夜伽の間が開く。中へと進み、寝床につく。天子様の手を取り、己に導く。そうして肌を重ねるたび、フキは驚くことがあった。それは自分に触れる指先が、驚くほど冷たいということ。天子様が首をなぞり、乳房を撫《な》で、脇腹を摑《つか》むとき、フキはまるで自分の上を、よく砥《と》がれた刃《やいば》が滑るような心地がした。

夜伽の間で言葉を交わすことは禁じられていた。ゆえに、肌と肌が触れ合う音だけが、部屋を満たす。その音に耳を澄ましていると、フキはやはり、大奥は寝床だと思うのだった。ここにいるのは、子をなそうとする男が一人と女が一人。ただそれだけなのだと。

フキはだからこそ、大奥という場所が好きだった。

生まれも育ちも関係ない。大名の箱入り娘だろうと、商家育ちの町娘だろうと、どれほど日々の勤めに励もうと、どれほど法度を破ろうと、関係ない。ここで一番偉いのは、天子様の世継ぎを身ごもった者。寝床に入り、子を宿した女なのだ。

畢竟《ひっきょう》、フキにとって間違いのないことは、一つだけ。

産んだら勝ち。

それが大奥なのである。

第一幕

どおん、どおんと太鼓の音が響く。

天子様がおわすところ、御城御殿《おしろごてん》の時を告げる合図だった。

一つ、二つ、三つ……太鼓の音はあわせて九つ。すなわち、昼九つの午《うま》の刻。

空には、ひときわ高く太陽が昇っている。大奥の通用門である七つ口《ななつぐち》へと通じる道には陽炎《かげろう》が立ち、行き交う人々の足をちろりちろりと舐《な》めていた。

大奥広敷番《ひろしきばん》の古株である侍——坂下《さかした》もまた、燃えるような日差しを背に、七つ口へ逃げ込んだ。使い古した手ぬぐいを袂《たもと》から取り出し、青髭《ひげ》に垂れる大粒の汗を拭《ぬぐ》っていると、門番の木村《きむら》が歩み寄る。

「坂下様、もうお帰りで」

「いや、こうも暑くてはたまらん！　茹《ゆだ》ってしまうかと思って、とんぼ返りだ」

「浅沼《あさぬま》から聞きましたよ。坂下様が一輪の百合《ゆり》の花を握りしめて、七つ口を出ていったとか……いい人がいるなら、そうとおっしゃってくだされば」

「うるさい！　あ、あれは、ただの手土産だ！　勘違いするなよ！　お前たちが考えているようなことではない！」

「それじゃあ、いったい、どこでお楽しみだったんです？」

「どこって……あたりをぶらぶらしていただけだ。……どうにも落ち着かんから、さっさと帰ってきた……」

「まあ、そういうことにしておきます」

口ごもる坂下に、木村はにやにやとした笑みを浮かべた。

「油を売ってないで、持ち場に戻れ！」

坂下に叱られてようやく、木村はおとなしく帰っていく。

「ったく……」

坂下は七つ口の正面突き当りに置かれた番台のそばに腰掛け、息をついた。

御台所《みだいどころ》の第一子、お姫様の誕生を祝う大餅曳《おおもちひき》の儀から、ひと月が経とうとしていた。一時は身動きもできぬほど訪問客に溢《あふ》れていた七つ口も、すっかり平生の落ち着きを取り戻している。

かといって、活気がないというわけではなかった。ここは、いわば大奥の市場。城下へは容易に出ることのできない奥女中たち相手に、米や野菜といった食料から、灯明に使われる油、湿気払いの杉の葉まで、あらゆるものが大奥御用達《ごようたし》の商人によって運び込まれ、売り買いされるのだ。坂下は日ごろから、そういう七つ口を眺めていることが好きだった。

そう、実のところ、木村に言ったことは本心だったのだ。落ち着かないから、帰ってきた。たまの休みを取ろうとしても、大奥からひとたび離れると、どうにも尻《しり》がむず痒《がゆ》い。結局、七つ口にいる方が気楽だった。口脇白き時分に拝命してからはや三十年、広敷番というお役目が骨の髄までしみ込んでいる。

それに七つ口というのは飽きない。見れば見るほどに、いろいろなことが分かった。なるほどあの奥女中は値切りがうまいだとか、あの商人は相手によって声色を変えるだとか。あるいは、そういった一つ一つの発見の上に感じ取れる、もっと微《かす》かで、もっと大きな流れのようなものがある。坂下は、広敷番に新入りがやってくると、決まってこう言ったものだ。七つ口とは川のようなもの。広敷番は釣り人だ、と。

大奥に忍び込もうとする怪しい輩《やから》や、奥女中の掟《おきて》破り、それを事が起きてから捕えるようでは遅い。その前触れに気づかねばならない。つまり、竿《さお》になんの触りもないうちに、魚がかかるとわかる必要がある。長く七つ口にいると、腹の底がむずむずとして、何かが来るぞ、とわかるようになるのだ。

おや。

そして、今日もそれは突然にやってきた。

顔なじみの米屋の娘と会釈を交わしたその直後、坂下はついっと糸でも引かれるように、長局向《ながつぼねむき》の方へ——奥女中たちが住まう、大奥の内へと気をひかれた。

すると、大きな行灯の化け物が、のそり、のそりとこちらへやってくるではないか。

「トメちゃん、遅い！」

「クメちゃんが早いのよ！」

「二人とも、そーっとよ！　そーっと！」

化け物の下には、三人の奥女中。つまるところ、大きな盆にうずたかく積み上げられた行灯《あんどん》の山が運ばれていた。クメとトメの二人が盆を支え、フクが先導している。

坂下もよく知る三人娘だ。クメとトメは長局向の見回りと火元の管理を担う火之番《ひのばん》。フクは御中﨟のボタンの部屋付き女中。同じころに大奥にやってきたせいか仲が良く、いつも三人そろっていることから、長局向の三羽烏——とは本人たちの談。ともかく、何かと事を起こす三人だということは、よく知られていた。

行灯の化け物は、七つ口に向かって一歩近づくたび、ぐらり、ぐらりとその頭を揺らしていた。周囲からは自然と人が離れ、道ができる。巻き込まれたらひとたまりもないと思うのは、当然だろう。ただ、そうは言ってもいられないのが、大奥の門番たる広敷番の定めだった。騒ぎが起きてからでは遅いのだ。坂下は独り三人娘のもとへ歩み寄り、声をかける。

「おクメ、おトメ、息を合わせて、ゆっくり下ろしなさい」

しかし、急に声をかけられたことに驚いたのか、行灯の山がひときわ大きく傾いだ。

「あっ！」

三人娘の声が重なると同時に、てっぺんに置かれていた行灯が転げ落ちる。

「しまった！」

が、地に落ち、砕ける音はしない。

それもそのはず、行灯は一つの手の上にしっかりとおさまっていた。すらりと伸びた指と鈍色《にびいろ》に染められた爪。まさか見紛《みまご》うことはない。坂下は誰よりも先に、

「お前は！」

と口走っていた。

その男は、にやりと笑い、こう返す。

「しがない……薬売りです」

大餅曳の儀が執り行われた先月、ふらりと七つ口に現れたこの男。背丈は異人のように高く、その容貌《ようぼう》もどこか浮世離れした趣がある。坂下も仕事柄、様々な人間を見

てきたが、まるで似たような者と会ったことがなかった。傾《かぶ》いた身なりが人目を引くのはもちろん、その血の気のない肌の内側から、妖《あや》しげな香りが匂い立つような気がする。

ひと月前、長局向でモノノ怪の騒ぎを収めたらしい、とは噂に聞いていたが、その後の消息を知る者はなかった。坂下も心のどこかで、もう二度と会うことはないのではないか、と思い込んでいた。

「達者なようだな」

「……坂下殿も、お変わらず」

薬売りに何か変わった様子はなかった。初めて会った時と変わらず大きな行李《こうり》を背負い、妙な笑みを浮かべている。ともかく、一体どこで何をしていたのか。坂下が尋ねようとした矢先、薬売りはクメに向き直り、手で受け止めた行灯を差し出した。

「こちらを」

「ありがとうございます！　よかった〜。また怒られちゃうところだった」

受け取ったクメはそう言って、屈託ない笑みを浮かべる。すると、トメが溜《た》め息《いき》を一つ。

「一回で運ぼうとするからよ」

「トメちゃんだって、賛成したじゃない」

「最初はね？　でも、途中でやっぱり危ないからやめようって、言ったもの」

「本当にそう思ったなら、ちゃんと止めてくれないとさ～」

「もう、二人とも喧嘩《けんか》はやめて！　無事に運べたんだから、いいじゃないの」

フクの悲鳴にも似た制止に、クメとトメは口をつぐむ。しかし、そんな三人の姦《かしま》しいやりとりなど意に介さず、薬売りは行灯の山をじろりと睨《にら》み、呟《つぶや》いた。

「もう、張替えで？」

見れば、三人娘が運んできた行灯はどれも風よけの紙に穴が開いている。その修繕を商人に頼みに来たのだろう。

トメは薬売りの方を振り返ると、頷《うなず》いた。

「はい、大奥では火の元の管理に厳しいんです。行灯の手入れもその一つです」

そして、まるで初めから示し合わせていたかのように、クメが二の句を継ぐ。

「なんでも昔、火事で奥女中が亡くなったって」

「ほほぅ……」

「これ、二人ともよさんか！　外の者にペラペラと！」

坂下が慌てて話を遮るが、クメはまるで反省する風情も見せず、

「えー、いいじゃないですかー、これくらい」

と口を尖《とが》らせた。

「気になるお話が聞けるかと、思ったのですが」

薬売りが微笑むと、クメはわざとらしく声を低めて、

「また今度にしましょ」

と秋波を送っている。それから、クメはやはり小さな声で、

「大丈夫、抜け駆けはしないから」

とトメにいたずらっぽい笑みを浮かべるのだった。トメは怒るかと思いきや、ちらりと薬売りを一瞥《いちべつ》して、

「うん……」

などと頬を赤く火照らせている。

もはや、フクがあきれ果てた顔をしていることだけが救いだろうか。彼女の助けを求めるような、許しを請うようなまなざしに、坂下も苦笑せざるを得なかった。

「行灯の張替えはわしが頼んでおく。三人はお勤めに戻りなさい」

そこで、ようやく三人娘は長局向へ帰っていった。クメは去り際、ちゃっかり薬売りに手を振り、ついでに坂下にも一瞬、にこりと愛嬌《あいきょう》のある笑みを送ってよこした。

それにつられて微笑むトメと、溜め息を漏らすフク。その三者三様が、じつに彼女たちらしい。姦しいことに変わりはないが、どうにも憎めない子たちだと、坂下は思う。

それにしても、である。

「いったい何用だ」

坂下が尋ねた相手は、もちろん隣で三人娘を見送っていた薬売りだった。

「薬を、売りに」

「戯れは十分だ。お前がただの薬売りではないことくらい、もうわかっておる」

ひと月前、大奥では人死にがあった。公には、足を滑らせて井戸に落ちたとか、病気で亡くなったことになっているが、実際のところは違う。化け物——薬売りが言うには、モノノ怪《け》というものに、殺されたのだ。

「モノノ怪は、お前が先月祓《はら》ったのだろう」

坂下はその場に居合わせなかったが、薬売りが活躍したという話は奥女中たちから確かなこととして聞いている。そして、実際あれ以来、大奥に平穏が戻ったことは間違いない。坂下はもはや薬売りのことを悪漢とは疑っていなかったが、こうしてこの男が再び現れたことで、かえって一つの疑問が湧く。

もう化け物退治は済んだはずではないか、と。

薬売りは坂下の言外の問いを見透かしたように、不思議な笑みを浮かべた。

「ええ……一つは」

「一つは？」

そして、薬売りのまなざしは長局向の方へ振り向けられた。それは、山向こうの獲物すらも見逃さぬ狩人《かりゅうど》にも似て、確かに何かを射貫《いぬ》いているように見える。

「この世には、斬れども果てぬ想いがある」

「何が言いたい」

「坂下殿は、よくご存じのはずだ。大奥とはすなわち、繰り返すものだと。始まったら最後、止むことはない。止めることなど、できぬ」

相変わらず人を煙《けむ》に巻くような物言いに、坂下は返す言葉も見つからない。ただ、まじまじとその顔を見つめてはじめて、いつもと変わらぬ微笑にまぎれ、何かひどく静かで暗いものが揺らめいていることに気づいた。そして、門番として培った経験からか、あるいは自分のもっと深いところにある何かがそうさせたのか、坂下は思わず薬売りの視線から逃れるように目を伏せてしまった。

と、その時、七つ口に一際高い物売りの声が響き渡る。

「さあさ、皆々様！　お一ついかがでしょう！」

　見ると、一人の商人が奥女中たちを相手に口上を始めたところだった。既に見物客は柵《さく》越しに集まっている。見世棚の上にずらりと並んでいたのは、目にも鮮やかな錦《にしき》に彩られた小箱だった。

「あれは、なんです」

「筥迫《はこせこ》を知らんのか？　おなごは出歩くときに、あれに懐紙《かいし》や金子《きんす》を入れておくのだ。城下でも随分な流行《はや》りでな」

「なるほど……お詳しいようで」

「なっ」

　何が言いたい、と睨みつけると、薬売りはじっと筥迫売りの方を眺めていた。坂下はここぞとばかりに、

「お前の方こそ、興味津々ではないか」

　と茶々を入れるが、薬売りは「ええ」と頷いたきり、口を開かない。

　からかい甲斐《がい》のないやつだと坂下が嘆息していると、再び朗々とした口上が聞こえてくる。

「うちの筥迫、一つとして同じものはございません！　図案は城下でも指折りの浮世絵師に頼みまして、仕立ては京繡《きょうぬい》に羅紗《らしゃ》、天鵞絨《びろうど》も用意してございます！　どうぞど

うぞ、お手に取ってごらんくだされ！」

それに呼応するように、奥女中たちは黄色い声をあげる。筥迫売りはこう続けた。

「大奥の皆々様のためにご用意した、こちらの品々、あることにお気づきでしょうか」

すると、奥女中の一人がすぐに答える。

「鼠《ねずみ》ね！」

「そのとおり！　鼠の意匠が施されておりますゆえ、子宝、安産の効能は折り紙つき！　とあるお国のお姫様は、これを買ったが五男五女、たちまち子をなしたとか！」

すると、今度は別の奥女中がやじを飛ばす。

「えー、でも、わたしたちみたいな下っ端は、お呼ばれしないもの！　産みたくたって、産めないわよ！」

奥女中たちはそこで一斉に甲高い笑い声をあげた。筥迫売りが返答に詰まると、ますます歓声は大きくなる。

他の商人や奥女中たちの注意がそちらに向くのを見て、坂下は仕方なく立ち上がった。

「こらこら、あまりはしゃぎすぎてはならんぞ。大奥を訪ねてくる御客様もいらっしゃるんだからな」

坂下が人垣に近づきながら言うと、

「は～い！」

と女中たちは声を合わせて返事をする。彼女たちは形ばかりの謝辞を並べて、結局誰一人笘迫を買わずに長局向へ去っていった。気の毒なことに、あれほど威勢の良かった笘迫売りもがくりと肩を落としている。これは良い経験になっただろう。奥女中を相手にすることは一筋縄ではいかない。御用商人への道は、ここから始まるのだ。

それから薬売りの許《もと》に戻ってくると、坂下は思わず顔をしかめた。

「……そんな服を着て、お前は暑くないのか」

七つ口の屋根の下にもかかわらず、坂下は少し立ち上がっただけですぐに火照る。一方、薬売りは額に汗一つ浮かべていなかった。千両役者は汗をかかないと聞くが、果たして行商にもかような才が求められるものなのか。

「坂下殿、そちらは？」

薬売りは坂下の問いには答えず、逆に尋ね返してくる。その目が向けられていたのは、坂下が顔を拭《ぬぐ》っていた手ぬぐいだった。

「大切に、使われているようだ」

「……だから、なんだ」

「それに鼠柄が――」

「それは、たまたまだ！」

坂下は慌てて手ぬぐいを袂《たもと》に突っ込むと、見張りに戻る。薬売りはしばらくの間床《しよう》几《ぎ》に腰を下ろしていたが、やがて姿を消した。目的は果たしたのか、あるいは目的などそもそもなかったのか。

ただ、広敷番としての長年の勘が告げていた。これは始まりに過ぎないのだと。薬売りが再び現れたということは、再び事が起こるということではないか。坂下は知っているのだ。あの男はただの薬売りではない。モノノ怪を祓う、薬売りなのだ。

ややもすると、何か思いもよらぬ大物が、此度《こたび》は釣れるかもしれない。あるいは、それが竿《さお》を引きずり、釣り人を川底へと沈める主《ぬし》でなければよいのだが、と坂下は思った。

■

一人の初老の男が、御殿中奥《ごてんなかおく》の廊下を駆けていた。男は顔面蒼白《そうはく》で、足はもつれて何度も転びそうになる。まるで火事から逃げだしてきたとでもいうような動転ぶりだった。

元来、中奥の廊下を走るということ自体、眉《まゆ》を顰《ひそ》められるようなことである。天子様の生活の場であり、政務を執り行うこの場所は、御殿の中でも特に神聖な場所の一つだった。世話役の小姓《こしょう》の他は天子様とじかにやり取りをするような高位の役人しか通ることができず、当然天子様とすれ違うこともある。足音一つ立てることすら躊躇《ためら》われるのが普通だった。

しかし、この男——時田《ときた》良路《よしみち》は違う。理由は二つあった。

第一に、常識が欠けていた。

それは良路が無法者という意味ではなく、単純にしきたりを知らないのだった。良路自身は実におとなしい、悪く言えば気の弱い性分で、自分からきまりを破ろうとするような人間ではない。

ただ、侍というものを知らなかった。なぜなら、大奥御中﨟である娘のフキが天子様から受ける寵愛《ちょうあい》ゆえに、呉服商から武家へと転じたのがつい五年前である。あれよあれよという間に昇進を繰り返し、いまや勘定吟味役《かんじょうぎんみやく》の座にまで収まってしまった。年貢の徴収から貨幣の管理、異国との貿易に至るまで、あらゆる金の行き交いに目を通す務め。日の本の財布を預かる身と言っても過言ではない。しかし、触れるだけで反物の産地を当てることはできても、武士としての立ち居振る舞いは一朝一夕で身につくものではなかった。

良路が廊下を走るもう一つの理由は、老中《ろうじゅう》筆頭の大友《おおとも》から呼び出しを受けていたことだ。大友家は石高三十万ほどの譜代である。代々政《まつりごと》においては重役を任じられてきたが、当代の大友勝秀《かつひで》をして、今最も力のある家柄だった。その大友が来いと言うのなら、一刻たりとも遅れてはならない。それくらいのことは、良路にだってわかることだ。

良路が平生詰めているのは、天子様の居室である御座間《ござのま》近く、中の間と呼ばれる部屋だった。そこに昼九つの太鼓が鳴るや否や、突然、使いの小姓がやってきた。

「大友様が、一局指さぬかとご所望にございます」

そう、つまりは将棋の相手だった。

良路にとって、こういった誘いは一度や二度のことではない。良路が登城するようになった翌日から、大友はなぜか良路を呼びつけては将棋を指した。良路は別段将棋がうまいわけでもなければ、将棋をだしに何か面白い話をするわけでもなかった。にもかかわらず、大友は飽きもせず良路を将棋のために呼び出すのだった。

「あぁ……なぜ、わしが……」

道すがら、良路は思わずそう零《こぼ》さずにはいられない。大友の魂胆が分からないからこそ、いっそうのこと恐ろしいのだった。

良路が向かっていたのは、老中部屋と呼ばれる重臣のための詰所だった。中奥の一角に設《しつら》えられたその部屋には老中たちが集い、表《おもて》の政を差配するため日々合議を行う。それゆえ、老中部屋へと近づいた時、何やら人の声が聞こえると、自然と良路の足は止まった。何か重要な話し合いをしているのだとしたら、自分のような者が耳に入れてはならない。

しかし、その時だった。

パチリ、と耳慣れた音が聞こえ、肌が粟立《あわだ》つ。間違うはずもない。それは大友愛用の将棋盤が駒とぶつかり鳴らす、冴《さ》え冴《ざ》えとした響き。大友によれば、その将棋盤は樹齢百五十年の本榧《かや》を削りだしたもので、ゆえに音が違うのだという。

「この木は初代天子様が天下太平をもたらした、まさにその年に芽生えたのだ。つまり、この一指しが鳴らす音は、この世の安寧。わかるか、時田よ。木の駒による嘘の合戦を楽しめるのは、この世に戦がないからだ。血が流れぬ戦とは、良いものだな？」

大友様は既に戦の準備を始められている。

良路はそう思うと、立ち止まってはいられなかった。足音は立てぬように、しかしできる限り急いで老中部屋へと向かう。その入り口から中をうかがうと、大友の他にも先客がいるようだった。部屋の中央に座った大友と、将棋盤を挟んで向かい合っているのは老中歌山《うたやま》――確かひと月ほど前に、大奥総取締役の御年寄《おとしより》を務めていた娘を亡くしているはずだが、今は扇子をあおぎ、楽しそうに将棋を指している。

大友の脇に控えるようにして座っているのは、同じく老中の藤巻《ふじまき》と勝沼《かつぬま》だった。藤巻は老中の中でも一番の古株で、歳も大友と比べて五つは上のはずだが、大友の陰では妙に小さく見える。大友と歌山の対局を遠目に覗《のぞ》き込んでは、何か気をもむように眉をひそめていた。一方、勝沼は退屈なのかあくびをかみ殺している。確かおマツという娘が大奥にいて、それは良路の娘フキと同じく御中﨟の座にいるはずだった。最近は家勢も著しく、勝沼家の屋敷には陳情を望む商人たちがひっきりなしに出入りしているらしい。

いずれにせよ、皆、時田家とは比べもつかぬ名家の出である。天下分け目の戦いから、天子様に付き従ってきた忠臣の家柄だ。当然、良路が割って入れるような場ではない。そこで老中部屋の入り口から、こっそりと機をうかがうことにした。距離もあって、将棋盤の戦況はわからない。ただ、大友が難しい顔をしていることから察するに、歌山の優勢なのだろう。

それから不意に、

「なあ、藤巻」

と大友が口を開いた。

「この勝負……お前は、どう見る」

「はっ！」

不意を打たれたせいか、藤巻の声は裏返っている。額から落ちる汗は今日の暑気ゆえか、それとも緊張からか。藤巻は亀のように首を伸ばして、形勢を見た。その表情が曇っていくのが良路にもわかる。

つまりは、間違いなく大友の負けなのだろう。

藤巻がそれをどのように伝えたものかと迷っているうちに、歌山が扇子をぱちりと閉じて、微笑んだ。

「大友様は、七手先で詰みでございます」

先に反応したのは藤巻だった。ぽたぽたと汗が畳を濡《ぬ》らすが、額を拭《ぬぐ》うことも忘れて呆然《ぼうぜん》としている。一方、大友は大口を開けて笑った。

「そうか！　わしは詰んだか！」

「最初は大友様の優勢でしたが、油断なされましたな。たった一手で、がらりと行く末が変わるというのが、将棋の面白いところにございます」

「ううむ、然《しか》り！　いやあ、まこと、面白い」

大友が口を開くたび、藤巻が小さく身を縮める。それまで他人事《ひとごと》のようだった勝沼も、いつの間にか姿勢を正していた。

それから大友はだしぬけに、歌山の玉の駒に指を置いた。それをカツン、カツンと爪でいじりながら、こう切り出す。

「ところで歌山よ。先月は災難だったな。大奥を束ねるおぬしの娘が死んでは、女中たちを御するのも難しかろう」

するど、歌山は小さくかぶりを振った。

「とんでもない。娘の代わりは、いくらでも用意できますゆえ――」

「いや、難しいな」

大友が有無を言わさぬ口調で遮った。そこでようやく、歌山の顔から余裕が消える。藤巻と勝沼に至っては、目を伏せてまるで嵐が過ぎるのを待つ野鳥のごとく押し黙っていた。

「大黒柱がひとたび燃えれば、城は崩れる。かような城に、天子様を住まわせるわけにはいかぬ」

大友が駒を爪でたたく音が次第に大きくなる。そのまっすぐな響きが、かえって恐ろしい。良路は彼らから六間は距離があるにもかかわらず、息が詰まった。

「建て替えねば」

「お、大友様」

「歌山家は、取り潰《つぶ》しだ」

その一言に、歌山はわなわなと震える。

「お待ちください！　先月の騒ぎは、例の……化け物の仕業！　私にも、思いもよらぬことでして！」

「思いもよらぬことを、起こさぬようにするのが、おぬしの役目だろう」

「それは」

「いや、役目だったのだ」

大友は歌山の玉の駒をつかみ上げると、ぐいと横の藤巻に向かって手を突き出した。藤巻が汗ばんだ両手を差し出すと、大友は駒を落とす。

歌山はなおも口を開こうとしたが、不意に勝沼が腰を上げ、刀の柄《つか》に手をかけた。歌山はぎょっとして動くことができない。大友が頷《うなず》くと、勝沼は立ち上がって、引きずるように歌山を引っ立てる。

「続きは藤巻と指すとするか──」

と、言った大友の視線が、不意に良路の方を向いてぴたりと止まった。

「いや、適任がいるな」

大友の嬉《うれ》しそうな笑みに、良路はたちまち身動きがとれなくなる。

「入れ、時田」

「はっ！」

良路は大友のもとへはせ参じながら、勝沼に引きずられる歌山とすれ違った。歌山はうわごとのように、「化け物なのです！　化け物なのですよぉ！」と繰り返していたが、その顔は涙で濡れそぼち、くしゃくしゃになっている。だが、すれ違う瞬間、歌山はじっと良路の方を見つめてきた。そのまなざしの冷たさに、良路は思わず身震いする。

「よく来たな、時田よ」

良路が歌山の座っていた場所に腰を下ろすと、大友はおもむろに袂《たもと》を探り、一枚の小判を取り出した。そして、それを玉の駒が置かれていた場所に置き、「これでよし」と言う。どうやら、先ほどの続きから対局を始めるつもりらしい。まるで歌山から詰みを宣告されたことなど忘れたような顔をしていた。

良路は盤面を見つめてすぐさま詰み筋に気付いたが、より正しい手はほかにあることもまた分かった。震える手で歩を一つ動かす。

大友がにんまりと笑みを浮かべた。そして、すかさず次の手を指してくる。

「どうだ！」

「これは……いやはや」

「悪くないな？　時田よ。これは面白い勝負になるぞ」

それから、勝負は静かに続いた。パチリ、パチリ、と老中部屋を爪弾《つまび》くような音が静寂に刻まれていく。

しかし、ある時に不意に、良路は藤巻の視線に気づき、目を上げた。盤面に必死だったために気付かなかったが、藤巻は黙ったまま良路の方をずっと睨《にら》んでいたのだった。思わず手を止めると、藤巻が口を開く。

「大友様、大奥についてご相談いたしたき儀が」

「ふむ……早速だな」

「杞憂《きゆう》であればよろしいのですが、何事も先手が有利かと」

「ははぁ、して、どうした」

「……下の者の前で、このようなお話は……」

「これのことは気にするな。申せ」

大友は盤面をじっと見つめたままそう応《こた》えた。良路もまた目を落とし、聞かぬ素振りをするしかない。

藤巻はしばし逡巡《しゅんじゅん》していたが、やがて話を切り出した。

「先月お生まれになった御台所の姫君ですが、そろそろ後見人を決める頃合いかと。御台所は自らお育てになりたいとおっしゃっておりますが……」

「後見は御中﨟《おちゅうろう》の中から選ぶのがよかろう」

「しかし、御台所の御意向は」

「御台所は天子様ではない！」

突然の一喝に、藤巻が息を呑《の》む。良路も驚きのあまり呼吸を忘れるほどだったが、大友はそれ以上何も言わず、次の手を指しただけだった。藤巻は慌てて頭を下げる。

「では、御家柄から言いますと……勝沼、など」

「おお、勝沼か。なかなか、わかっておるな」

「ははあ！　では、姫君の後見は勝沼家に！　早速、手配をしてまいります！」

藤巻はひと際大きな声音で言うと、ほとんど飛び上がるように立って、部屋を出ていった。

「おぬしの番だぞ」

大友から催促をされてようやく、良路は盤面に意識を戻す。しばらく考え込んだのちに次の手を指すと、大友は間髪を容《い》れずに自分の手を指した。そして、こう呟《つぶや》いた。

「先の話、どう思う」

「……お国を動かす老中様方のお話は、私のような者には難しく……」

「何を言うか。跡継ぎの話に出自も家柄も関係あるまい。……むしろ、商いをする者こそ、金勘定にはうるさいではないか。等しく財を分かてば子は等しく貧しくなり、一所に集めれば間違いが起きたときには取り返しがつかぬ。ゆえに、誰にどれほど与えるか、頭の痛い話になる。天子様の世継ぎとなれば、なおのことだ」

良路が黙って次の手を指すと、大友は続けた。

「後見人は、火種なのだ」

「火種、ですか」

「世継ぎが生まれなければ、いずれ姫様が婿を取り、次の御台所となる。その後見人は腹を痛めず次の天子様の母となるのだ。そして、やがては大きな力を持つことになる」

「勝沼様が天子様の御家になると」

「そうだ。それゆえ、後見は見栄と野心があり、天下を取ろうという気概のある家柄がよい」

「それは……」

いったいどういうことだろうか、と良路が思わず顔を上げると、大友は相変わらず将棋盤に目を落としたまま、言った。

「御しやすいやつでなければならん」

大友が良路の玉の隣に飛車を指した。

「どんなに小さき火種も、見過ごせばやがて大火となる。百五十年と続く政《まつりごと》のかたちを守るには、行く末をしかと読まねばならぬ」

「……まこと、おっしゃる通りでございます」

良路がそれからしばし次の手に迷っていると、大友は手駒を弄《もてあそ》びながら、そういえば、と呟いた。

「おぬしの娘、確かおフキと言ったか」

「さようでございます」

「天子様のご寵愛《ちょうあい》を、随分と受けているようだな」

「はっ。ありがたきことに」

「まこと、うらやましい話よ。わしの娘のボタンにも、頑張ってもらわんとな」

「……は、はは」

「後見だの、なんだのと心配したところで、結局男児を産み落とせば、その母が一番の力を持つ。気にするべきは、どの家が産むかだ、そう思わんか？」

そう言いながら、大友はじっと良路の顔を覗《のぞ》き込んでくる。それまでの笑顔は嘘のように消え去り、そこにはいかなる想いも読み取れない能面が残されているだけだった。良路はその時、大友が歌山家の取り潰《つぶ》しを決めたときよりも、ずっと恐ろしいものがそこにあるような気がした。百五十年の日の本の安寧——そのあるべきかたちが人の皮をかぶっている……

良路は震える指で、次の手を指した。すると、にかっと大友の顔に笑みが戻る。

「おっ、そこでいいのだな！　五手でおぬしの詰みだ！」

そうだ、これでよい。これが、正しい手だったのだ。

良路は笑顔を必死に浮かべ、精一杯の声を上げた。

「なんと！　やはり、大友様には敵《かな》いませせぬ！」

大奥は暮れ七つを門限に、七つ口が閉じられれば、以降人の出入りはできなくなる。それゆえ、大奥の夜を知る者は、大奥に住まう者だけ。とりわけ長局向の様子を知っているのは、奥女中に限られるのではないか。

ほーんと、もったいないよね、とはクメの言。

わたしたちの役得なのよ、とはトメの言。

結局のところ、二人の意見は一致している。つまりは、とても美しいのだ。城下には吉原《よしわら》が不夜城として名高いが、この御城の陰にもまた、明かりの尽きぬ女の園がある。夜も浅ければ、女中たちは部屋の行灯《あんどん》に明かりをともして、仕事をしたり、仲間とおしゃべりに花を咲かせたり。万が一、そこから火事など起きぬように、見回りをするのがクメとトメのお役目、火之番の務めだった。

「お火の元〜！　お火の元〜！」

クメとトメは声を合わせて呼びかけをする。そして、時折、光の届かぬ暗がりを射《い》貫《ぬ》くように、拍子木を鳴らした。

大奥の廊下には点々と金網行灯が置かれていて、その油は切らしてはならないことになっていた。城下のおよそすべての明かりを集めても、一晩でこれほどの油を使うことはないのではないか——とは、火之番が交わす冗談の十八番だ。それは実際のところ大げさだとしても、火之番は油を注いで回るのも仕事ゆえに、その途方もない量は身に染みて知っている。行灯の覆い紙が破れていれば修繕に出さねばならず、灯心が焦げていれば換えねばならない。一つ一つ確認するのも骨が折れた。

「また穴開きだわ」

トメが行灯の一つを手に取り、呟いた。

「雨粒でもあたったのかしら」

「え～？　最近、ずっと晴れでしょ。鼠でもいるんだよ。かじってるの」

「そんな、長局向に鼠だなんて」

いるわけないでしょ、と言おうとした矢先、トメの口が止まる。というのも、中庭越しに見える太鼓橋の上を、夜伽《よとぎ》の列が進んでいたからだ。

「おフキ様だわ」

白無垢《しろむく》姿が夜闇に浮かんでいる。まるで人の形をした行灯でも見ているかのように、フキだけが妙に明るく見えた。先導する御伽坊主も、後ろについて歩く他の御中臈たちも、フキの傍では暗がりに沈んでいる。

「ほんとお綺麗《きれい》ね～！」

クメが廊下の欄干にもたれかかり溜《た》め息《いき》を漏らした。トメも手を止め、自然と夜伽の列に見入る。

「でも、大変よね……夜伽に呼ばれる御中﨟の方々は、皆、御家を背負っていらっしゃるのだし」

「御家？」

「稚児《やゃこ》を産めば、次の天子様の母になるのよ。天下一の御家になれる」

「ふーん、武士の家に生まれるのも、なんだか大変ね」

「クメちゃんだって、天子様に見初められたら、天下一よ？」

「えー、そんなのありえないもん！」

クメはけらけらと笑うが、トメは存外真面目に返す。

「そう？　おフキ様は、フクちゃんみたいにお部屋付きの女中だった頃に、天子様に見初められたのよ」

「トメちゃんは、夜伽にお呼ばれしたいの？」

「……それは……まあ、ちょっとは興味もあるけど」

「え〜？　故郷には許嫁《いいなずけ》がいるんじゃなかったの〜？」

「ま、万が一、万が一よ、そんなことになったら辞退するに決まっているでしょ！　ただ、天子様とお話とか、してみたいだけで！」

トメが口を開けば開くほど、クメはおかしそうに笑う。トメはトメで、顔を赤くしながらも、やはり笑ってしまうのだった。どうしたって夜長の見回りは退屈になる。しかしクメと一緒だと、話しているうちに夜が明けてしまうから不思議だった。

とそんな時、不意に声をかけられた。

「――もし」

クメとトメが飛び上がるように後ろを振り返ったのはほぼ同時。そして、そのまま膝《ひざ》をつき、平伏したのも同時だった。

立っていたのは、御中﨟の大友ボタン。彼女の声色には、明らかに咎《とが》めるような響きがあった。

「そろって、ご休憩？」

クメもトメも、ろくな返事が出てこない。しかし、もとより答えなど期待していない、というように、ボタンはすぐに二の句を継いだ。

「火之番は大奥の番。あなた方が火元を見逃せば、天子様にも大火事の危険が及ぶこと、よくおわかり？」

「申し訳ございません！」

二人の謝罪は、綺麗にそろって大奥に響き渡る。もしかすると、夜伽の列にまで届いているのではないか。トメはそう思うと、恥ずかしさのあまり顔が火照る。

ボタンは小さく鼻を鳴らすと、

「以後改めるように」

と言いおいて、去っていった。ボタンの足音が聞こえなくなってようやく、トメは止めていた息を吐きだす。朝礼や御水飲みの儀式で見かけることはあれど、御中臈と会話をする機会などほとんどない。ましてや、叱られるなどという経験は初めてだった。頭が真っ白になって、立ち上がることすらできない。

一方、クメは相変わらずだった。

「ボタン様も、やっぱりお綺麗ね～」

太鼓橋を渡り、フキたちの後を追うボタンを眺めながら、しみじみとそう呟《つぶや》く。トメは溜め息を漏らさずにはいられなかった。

■

翌日も炎天が続いた。坂下は七つ口の番台の前に立っているだけで、全身から汗が滲《にじ》むのを感じる。御用商人たちもさすがに暑さにやられたのか、普段と比べると人出が少ない。

ただ、例外は筥迫《はこせこ》売りだった。昨日の冷やかしにもめげず、今日も番台近くを陣取って、色とりどりの筥迫を並べていた。その口上だけが溌剌《はつらつ》として、七つ口に響いている。

「ご無沙汰《ぶさた》しております」

ふと声を掛けられ、坂下は我に返る。気づくと、目の前には一人の若侍がいた。

「おや、時田殿。これは失礼いたした」

坂下が頭を下げると、几帳面《きちようめん》に時田三郎丸《さぶろうまる》が会釈を返した。

「坂下殿も、お変わりないようで」

「まあ、上りもせず下がりもせず……時田殿のお噂は七つ口にも届いておりますよ。此度《こたび》は大友様の小姓になられたとか。順調に出世の道を歩まれておられる」

「いや……姉のおかげです。結局、大餅曳《おおもちひき》では自分は何もできませんでしたから」

三郎丸は御中臈であるフキの弟でもあった。時田家の跡継ぎとしてお偉方の覚えもめでたく、ひと月前には表から遣わされたお目付け役として大奥に視察に来ていた。天子様の寵愛《ちょうあい》を姉が受けるがゆえに、今や時田家は飛ぶ鳥を落とす勢いだ。それでいて、自身の栄達を少しも鼻にかけない三郎丸の性格はどこから来たものかと、時々坂下は不思議に思う。

「今日はおフキ様に面会のお約束でしたか」

「ええ。しばらく、こちらで待たせていただきたい」

「そりゃ、かまいやせんが……」

三郎丸は通行手形を二つ坂下に渡してくる。後ろをうかがうと、見知らぬ初老の侍がいた。

するると坂下の視線に気づいたのか、三郎丸が紹介してくれる。

「父の良路です」

「お父上でしたか。なるほど……」

坂下は無礼かとは思いつつ、つい良路の仔細《しさい》をうかがってしまう。時田家はもともと呉服屋だったと聞いたことはあったが、なるほど確かに質の良い生地で作られた裃《かみしも》を着ている。ただ、そこにどこかおかしみを感じるのは、良路の落ち着きのなさゆえか。はじめて大奥を訪れたのならば仕方がないとはいえ、ひっきりなしに周囲を見回している。三郎丸の方がよっぽど侍然としているように見えた。

「おや、あれは……」

ふと、良路が長局向へとつながる門に目を向ける。そこではちょうど長身の男——大奥の祭司をつとめる溝呂木《みぞろぎ》北斗《ほくと》がひらりと柵《さく》を飛び越えたところだった。門番をしていた須藤《すどう》、浅沼はそれをどこか苦々しい表情で見つめている。

「よいのですか、手形もなしに」

三郎丸もまた、北斗の背に厳しい目を向けていた。坂下は肩をすくめるほかない。

「溝呂木家の人間は、例外でして。御水様《おみずさま》を守るお役目とかなんとか……わしらには、よくわかりやせんが」

「大奥に自由に出入りできる男がいるとは……」

七つ口の門限をはじめとして、大奥の法度は厳格だった。男子禁制というしきたりも、決して名ばかりのものではない。しかし、こと溝呂木家に関しては、特別だった。坂下も広敷番に就いたばかりの頃は、それでは理屈が通らぬと上役に物申したりもしたものだが、今となっては疑問に思うことすらない。溝呂木家は見てみぬふりをする、これもまた大奥の厳格なしきたりなのだ。それゆえ、坂下は三郎丸の反応にどこか新鮮なものを覚えた。大奥の不可思議なことは、こうして外の目があって初めて気づかされる。

と、不意に、坂下の耳元で妙な声が聞こえた。

「そいつは、うらやましいですね」

一体いつの間に入り込んだのか、薬売りが傍らに立っていた。しかし、坂下はもう慣れたもので、その神出鬼没ぶりに驚きもしない。

「うらやましいのは結構だが、お前が門を越えたら、今度こそ打ち首だぞ」

坂下が釘《くぎ》を刺しても、薬売りには通じているのか分からなかった。北斗の背をじっと見送る横顔は相も変わらず微笑を湛《たた》えているが、その目にはぞくりとするような鋭い光が一瞬垣間見《かいまみ》える。

「薬売り！　久しいな！」

三郎丸が薬売りに気づくと、声を上げた。薬売りも彼の方に向き直ると、まんざらでもない様子で頭を下げる。

「時田殿は、またお目付け役に？」

「いや、もうこりごりだ。今日は私用でな。……それにしても、どこにいたんだ。ひと月前の騒ぎの顚末《てんまつ》を、おぬしの口から聞こうと思っていたのだぞ」

「薬売りが生業《なりわい》なものでして、薬を売りに、あちら、こちらへ」

また適当なことを、と三郎丸が苦笑する。すると、ちょうど二人の様子を見ていた良路が、口を開いた。

「お前が言っていたのはこの方か。化け物を退治したとかいう……」

三郎丸は頷《うなず》いた。

「モノノ怪《け》を斬る男です」

そう言って、ふと何かに気付いたように三郎丸の顔色が変わった。おそらく、坂下が抱いている懸念に三郎丸も思い至ったのだろう。

「まさか……また出るのか」

そう問われても、薬売りは黙って微笑むだけだった。それゆえ、三郎丸の眉間《みけん》にはますます皺《しわ》が刻まれていく。

三郎丸は先月、モノノ怪によって奥女中たちが命を落とす様を目の当たりにしたのだ。姉が暮らす大奥でまた同じことが繰り返されるなら、その不安はいかほどか。坂下とて、あの時見たものを思い出そうとするとうっすらと鳥肌が立つ。二度と御免だ、というのが本音だった。

と、その時――カタリ、と硬い音がする。音の出所は、床几《しょうぎ》の上に置かれた薬売りの行李《こうり》だった。坂下も三郎丸も、思わず息を呑《の》む。

カタリ。カタリ。

また、動いた。

「お、おい、これは」

坂下が尋ねようと振り返ると、薬売りは中奥へと繋《つな》がる門を睨《にら》んでいる。その先にあるのは、大広間。確かそこには今、老中や御中﨟たち、その上御台所と姫君もいるではなかったか。

坂下はたちまち、全身から脂汗が噴き出すのを感じた。

■

いつものように夜伽《よとぎ》を終えると、フキは明け方に自室へと戻った。夜伽の間ではよく眠れないせいか、朝の支度をしながらもうつらうつらとしてしまう。気づけば昼四つの太鼓の音が聞こえてくる。

着替えや化粧など身支度は、いつの間にか下女たちの手によって済ませられていた。

手鏡を覗《のぞ》きこむと、立派な鬼灯《ほおずき》柄の打掛をまとい、白粉《おしろい》もばっちり肌に塗りこめられた自分がいる。

最近、フキはこうして居眠りをすることが増えていた。特に夜伽があった次の日は、全身が石になったように重いのだ。自分は昨日も天子様と枕を重ねた——そんな優越感を覚えるのは一瞬で、あとはただ一晩では拭《ぬぐ》いきれない疲労だけが残される。理由は明白だった。天子様を喜ばせるための手練手管、それはほとんど力仕事と言っても過言ではないのだ。

「おツユ、お茶を頂戴《ちょうだい》」

フキは部屋の奥の土間に向かって声をかける。しかし、返事はない。何回呼びかけても、下女の一人もやってこなかった。

仕方がないので、フキは重い身体を無理やり引き立たせ、自らお茶を淹《い》れることにした。土間に入ると、かまどに熾《おき》が残っている。土瓶で湯を沸かす間に、果たして茶葉はどこにあるかと棚を探っていると、突然、悲鳴が聞こえた。

「おフキ様！」

若い下女が裏の廊下から帰ってきたところだった。彼女は駆け寄ってくると、有無を言わさずフキが手にしていた茶筒を取り上げた。

「申し訳ありません！　すぐにお茶の準備をいたしますので！」

「それくらい自分で淹れられるわ」

「いけません！　おフキ様のお手に火傷《やけど》でもできようものなら、わたしはここを追放されてしまいます！」

そんなはずないでしょう、とフキは笑いかけたが、存外下女の表情は真剣だった。

フキが戸惑ったのはほんの数瞬、すぐにいつもの笑みを浮かべて、頷いた。

「ありがと。では、熱いのをお願い」

部屋に戻りながら、フキはふと、自分が最後に火を熾《おこ》したのはいつだろうかと思う。料理をしたり、着物を洗ったり、あるいは化粧をするのだって、今ではすべて誰かがやってくれる。このままでは、食事さえ食べさせてもらうようになるかもしれない。自分がやるべきことと言ったら、天子様と寝て、お世継ぎを産むことだけ。

「結構なご身分になったわね」

フキはそう、自嘲《じちょう》せずにはいられなかった。右手の袖《そで》を少しめくると、手首のあたりには赤い斑点《はんてん》がいくつもある。幼い頃、はじけた薪《まき》の火花や秋刀魚《さんま》の油が跳ねてできたものだ。心配なんかしなくても、今更火傷の一つや二つ、なんだというのか。ここに点が一つ増えるだけではないか。

しかし、そう思いながらも、フキは下女がお茶を運んでくると袖を戻した。「御中藹のおフキ様」に、火傷はないのだ。それをあえて否定する必要もないだろう。

お茶で一服した後、フキは部屋を出た。廊下からは中庭に広がる大きな池とその向こうにそびえたつ三角鳥居が見える。ただ、心なしか今日は陽炎《かげろう》ですべてが揺らめいていた。太鼓橋を渡って、中奥の方へ進み、大広間へ向かう。入り口では、世話役であるツユが廊下に座り、他の御中藹たちが入室するたびに頭を下げていた。フキが近づくと、ツユはすぐに気が付いて、にこりとえくぼを作る。

「おフキ様、お目覚めで」

「こんなところにいたの。道理で呼んでも来ないわけね」

「すみませんね。人出が足りないからって頼まれたんですよ」

女中はツユの他に、一人しかいなかった。それもそのはず、大広間の控えというのは、とにかく座って頭を下げるばかり。足は痛くなり、雑用があればこき使われる役回りなのだ。こういう仕事は新人に任せればよいものを、齢《よわい》四十にもなろうかという身で嫌な顔一つせずこなすあたり、ツユはどこか変わっている。むしろ楽しそうにしているぐらいだから、フキも止めはしないのだが。

「そうだ、おフキ様」

ふと、ツユが手招きをする。何かと思って近づくと、ツユがこう耳打ちした。

「中には水光院《すいこういん》様もいらっしゃいますよ」

フキは思わず苦笑する。

「心配しなくても、上手にやるわ。いつかはわが子のおばあさまになる方ですからね」

「余計なお世話でございましたか」

ツユは微笑むと、頭を下げた。

「いっていらっしゃいませ」

「では、後でね」

フキはそう言って、大広間の敷居をまたぐ。

すでに、大広間には御中﨟の五人がずらりと横並びになっていた。部屋の奥の一段高い上座には、天子様の母である水光院がいる。その後ろの御簾《みす》は下りており、ぼんやりと御台所らしき人影が見えた。

フキは御中﨟の並びの真ん中、ボタンの隣に腰を下ろした。しばらくすると、天子様の執務の場である中奥につながる廊下から、老中の藤巻と勝沼がやってきた。大広間は男子禁制の例外とはいえ、やはり天子様以外の男が立ち入ると妙に空気が張り詰めるのを感じる。あるいは、それは訪問者側の緊張が理由かもしれない。

藤巻は上座の面々に向かって頭を下げた後、御中臈たちに相対するように座った。判で押したような堅苦しい挨拶《あいさつ》を終えると、いよいよ本題に入る。

「それでは、姫君の後見人について、ご相談させていただきましょう」

その時、なぜかフキは急に身震いをした。汗が冷えたせいかとも思ったが、なかなか悪寒は治まらない。藤巻は書状を開いて何かを話し始めたが、フキは突然周囲の音が遠のいて、耳に入ってこなかった。

実はフキにとって、こういうことは初めてではない。夏の盛りを迎えたころから、突然、全身の表面がぴりぴりと痺《しび》れ、うっすらとした寒気が続くことがあったのだ。奥医師はもちろん、ツユにさえ話していない。これが原因で夜伽を控えるように言われたら困るからだ。

「――ということで、後見人は勝沼家のおマツ殿が良いのではないかと。よろしくお頼み申し上げます」

結局、寒気が止んだときには、藤巻の演説は終わっていた。彼がふう、と大きく息を吐き、頭を下げると、マツはほんのわずかに鼻を持ち上げる。

「光栄なお話にございます」

しかし、これを茶番と言わずして、なんというのか。藤巻の付き添いとして、マツの父、老中勝沼が同伴している時点で、こうなることは見えていたではないか。

御中﨟の一人であるスマはふと、わざとらしく御簾の方に目をやると、独り言を漏らした。

「御台様は、どうお考えかしらね」

キヨも、「そうよねぇ」とすかさず相槌《あいづち》を打つ。

すると、ボタンが二人を制するように、マツに助け舟を出した。

「姫君の後見は、代々天子様に古くから仕える御家が担うもの。勝沼家はふさわしい御家柄でしょう」

「身に余るお言葉です」

マツはそう言って微笑むと、なぜかフキの方を見て、こう続ける。

「姫君に必要なのは、天子様の血筋にふさわしいしきたりを知り、お作法を身に付けることです。二百年と続く我が家には、その知見がございます」

時田家とは違って。

音にこそされていないが、マツの目、声音、あるいは眉《まゆ》の傾き、そのすべてが言外に物語っていた。もちろん、言葉面だけを受け取れば、マツが自分を侮辱したということはできない。だが、その言わんとするところは、大広間にいた者全員が感じ取ったのではないか。刀を抜かずに胸を刺す。すなわち、言葉のかたちさえ嫋《たお》やかであれば、誰に何と言おうと構わない——それが、大奥の作法なのだ。

それゆえ、この時、フキもまた作法に従うことにした。自らの腹に渦巻く怒りをひとひらも漏らさぬ完璧《かんぺき》な笑みで、声を上げた。

「一つ、よろしくって？」

その瞬間、大広間全体が、身をこわばらせたような気がする。マツの笑みが引きつるのを見て、フキは一層のこと自分の声が和らぐのを感じた。

「御台様のお気持ちはどうなるのでございましょう。初めてのお子だからこそ、自ら育てることをお望みだったのでは？」

すると、スマとキヨが加勢する。

「そうです。まるで親から子を奪うようなものでしょう？」

「寂しい思いをなさらないといいですけれど……」

マツはほとんど腰を浮かしかけ、眉を吊《つ》り上げて叫んだ。

「心外です！　天子様の姫君ともあれば、我が子のように愛するのは当然のこと。それとも、わたくしの家が信用に足らないとおっしゃりたいの？」

「とんでもない。ただ、御台様と……それに、天子様はどうお考えかしらと。……親、心というものが、ございましょう？」

マツは顔を真っ赤にして、押し黙った。

「ひとまずは、天子様のご意向を伺ってみましょう。わたしどもがいくらお話ししても、決めきれぬこともありますから」

フキがそう言って締めくくると、大広間には重い沈黙が流れた。マツはもちろん、藤巻や勝沼も天子様を出されては、無下にすることはできない。

しかし、それまで一言も発することのなかった水光院が、不意に口を開いた。

「その必要はありません」

その声は大きいわけでも、激しいわけでもなかった。ただ、彼女の怒りははっきりと分かる。

「天子様がお勤めに専念できるよう、些末《さまつ》な話は内々に片付けるのが大奥の役目でしょう。こんなことでお伺いを立ててどうしますか」

まるで子供をたしなめるような目で、水光院はフキを見つめてくる。間違いなく、彼女もまた大奥の作法に則《のっと》り、告げているような気がした。つまり、抗うな、と。

今度はフキが押し黙る番だった。大広間に入る前にツユと交わしたやり取りを思い出し、じわじわと羞恥心《しゅうちしん》がふくらんでゆく。上手にやる、とはよく言ったものだ。よりにもよって水光院からたしなめられるなど、最も避けるべきことではなかったのか。

つい冷静さを失っていたのかもしれない。ちょっとしたマツのあてつけに、易々と引っかかってしまった。そもそも、姫君の後見人が誰であろうと、フキにとっては関係がない。天子様との夜伽《よとぎ》を独り占めし、世継ぎを身ごもるのも時間の問題なのだから、何を焦る必要があったのか。

再び長い沈黙がおりた。藤巻は小さな咳払《せきばら》いでそれを恐る恐る断ち、反応がないことを確認してようやく口を開く。

「では……改めて、後見人はおマツ殿にお願いいたします」

フキは目の前の畳をじっと見つめたまま、小さく息を吐いた。とにかく、今は早くこの集まりを終わらせて、部屋に戻って休みたかった。寝起きの気怠《けだる》さも、まるで息を吹き返したように全身に広がり始めている。

しかし、藤巻は書状を袂《たもと》にしまったかと思うと、また別の書状を一つ取り出した。

「では次に、先月亡くなられた歌山殿の代わりをどなたが務めるか……」

その言葉を聞いた時、フキは思わず、え、と声を上げそうになる。寝耳に水とはこのことだろう。歌山殿の代わりとは、すなわち次の御年寄を選ぶということだ。

フキはとっさにキヨとスマに目で尋ねるが、どうやら彼女たちも知らなかったらしい。

「これは、何事です？」

フキは動揺を悟られぬよう努めて平静に尋ねたつもりだったが、それでも少し声が上ずってしまう。すると、隣に座るボタンが眉をひそめた。

「大奥を誰が取り仕切るのか、いい加減決めなければならないでしょう？　高位の女中たちからも推挙を募っていたはずです」

「しかし、そんな話」

「聞いていなかったのですか？」

フキは夜伽のあった翌朝は朝礼に出ないことも多い。まさかその時に告げられていたのか。それとも、話が伝わらぬようにボタンが画策して、白を切っているのだろうか。

フキは悪寒を覚えた。それに加えて耳鳴りがして、頭に靄《もや》がかかったような心地がする。もしや、いつの日か、こういう調子の優れぬ時に聞き逃してしまったのだろうか。……わからない。ただ、もはやこの場で話を止められないことは明らかだった。

確かに、歌山の後任は求められている。大奥の総取締役を、いつまでも不在にするわけにはいかなかった。

「事前にご推挙があったのは、ボタン殿、おマツ殿、それからおタケ殿でございました。この内、長らく歌山殿を助け、諸大名とも親交のあるボタン殿が、やはり適任ではないかと」

藤巻はどこか急き立《せ》てられるように、早々に結論へと進んだ。大奥内での推挙があろうとなかろうと、結局老中たちの意向を汲《く》むとなれば、答えは決まっている。老中筆頭の娘であるボタンの他に、選ばれる者がいるはずもないことはフキにも分かっていた。先代の歌山も、ちょうど大友家から大奥に出ている娘がいなかったがゆえに、御年寄の地位を許されていたに過ぎない。

藤巻はフキの方を一瞥《いちべつ》すると、慌ててこう付け加えた。

「こちら、天子様よりいただいた書状にございます」

この決定には逆《さから》うな、と言いたいのだろう。しかし、寸前に水光院から咎《とが》められた手前、フキとて同じ轍《てつ》を踏むつもりはなかった。自分でも分かっている分、かえって藤巻の先回りが苛立《いらだ》たしい。

藤巻は改めてボタンに向き直ると、頭を下げた。

「では、次の御年寄はボタン殿に。どうぞお頼み申します」

「お役目、謹んでお受けいたします」

ボタンは深々と礼を返し、再び顔を上げた時にはもう、すっかり大奥のまとめ役然とした面持ちをしていた。そして、突然、こう切り出した。

「藤巻様、一つ、よろしくって？　お話をさせていただきたいの」

「それは……もちろんです」

その提案は藤巻にとっても意外だったのか、口元に浮かべた微笑がこわばっている。しかし、それを気に留める様子もなく、ボタンは胸を張って、言う。

「歌山様が亡くなられて以来、大奥の行く末に不安を抱く者も多かったはず。わたくしたちは今一度、奥女中としての使命、そして守るべきしきたりを心に留めねばなりません。……さしあたり、近頃軽んじられていたお夜伽について、確かめることから始めましょう」

息を呑《の》んだのは、フキだけではなかった。夜伽という言葉は、大奥では否《いや》が応でも大きな意味を持つ。その意図を問わず、聞く側を身構えさせてしまうのだ。ボタンはそれを承知で、御年寄の第一声として触れた。そこには単なる不用意さでは片付けられない、むしろ強い意志のようなものを感じて、フキは素直に驚いたのだった。

実際、ボタンは微塵《みじん》の迷いもない声音で、続ける。

「第一に、お夜伽のあいだ、天子様と言葉を交わすことは許されません。文のたぐいも、ご法度です。天子様に身勝手なお願いをして、私腹を肥やすようなことはあってはありませんからね」

それは言われるまでもないことだ。夜伽の間には、お添寝役の御中﨟と御伽坊主が一晩中控え、襖《ふすま》を隔てて耳をそばだてる。密談など試みようものなら、たちまち露見するだろう。フキも夜伽に呼ばれるようになってから、ただの一度として、天子様と言葉を交わしたことはない。

しかし、問題はその次だった。

「それから、第二に、お夜伽のお相手は、御台様と御中﨟が交互に担うこと。一人が二晩と続けてお相手することは、なりません」

「お待ちください！」

気づいた時には、口から悲鳴に近い叫びが飛び出していた。

「……何か？」

ボタンの落ち着き払ったまなざしに、フキは一瞬たじろいでしまう。あるいは上座に控える水光院の存在に、どこか慎重になるところがあったのかもしれない。それでも、ここで声を上げないわけにはいかなかった。

「……それは、横暴でございます！　お夜伽の相手は天子様がお決めになるもの。いくら御年寄といえど、口出しをすることはできましょうか！」

「もとより大奥の法度に記されておりますよ？」

「だとして、何の意味が」

「このしきたりは、お世継ぎが生まれやすいようにとの計らいで作られたものでしょう。お考えになってみて？　仮に、ご寵愛《ちょうあい》を一手に受ける者が子を産めぬ身体だったとしたら、天子様の血は絶えてしまいます」

なるほど、ボタンの説明には一理ある。しかし、それは一方で、今まさに寵愛を独占する自分が、石女《うまずめ》と疑われているようなものだった。その言外の皮肉に考えが及ばぬほど、フキも愚鈍ではない。その場にいる者、皆が気づいていたことだろう。その証拠に、マツは袂で口を覆い、忍び笑いを堪《こら》えていた。

フキは一つ息を吐きだし、なるべく穏やかな声音で言葉を返す。

「……それでも、天子様のご意向を無視することはできないはずです。昨晩も、その前も、さらにその前も、天子様はわたしをお夜伽に選ばれたのですよ」

しかし、ボタンは表情を変えず、むしろ不可解だとでもいうように眉《まゆ》をひそめた。

「それが、何か？　また次も夜伽に参れと言われたわけではないでしょう。夜伽の間に、会話はご法度ですからね」

「……っ！」

瞬間、燃え立つような恥ずかしさと怒りで、フキは言葉に詰まる。胸の内で、形にならぬ言葉たちが燃えてちかちかと火花を放っているような気がした。口を開けば、吐息に混じって、その火が漏れだすのではないか。

大広間には息も詰まるような静寂が降り、それでもフキはくじけまいとボタンをまっすぐ見つめ返した。しかし、不意に水光院が、ひときわ大きな溜《た》め息を漏らした。

彼女の鋭いまなざしは、まっすぐにフキに向けられている。

「……そもそも、御年寄を選んだのは天子様です。ボタンさんのお考えは、天子様がお認めになったということ。それに逆らうおつもり？」

「……」

「御中﨟なら……これくらいのことは知っていると思っていましたけどね」

ボタンはそれ見たことか、と呆《あき》れ顔で、マツはいよいよ忍び笑いを隠さなくなっている。

フキは身体が爆《は》ぜるような想いがした。

「何が……」

もはや自分の口を止めることができない。

「何が、おかしいのですか……！」

気付いた時にはフキは勃然《ぼつぜん》として立ち上がり、大広間を睥睨《へいげい》していた。

「しきたりだの、法度だの……もう、結構です！　結局、御家柄なのでしょう！　ここでは、古くて、大きくて、ご立派な方がすべてをお決めになる！　呉服屋の娘の話など、端《はな》から取り合ってはもらえない！」

大広間に残響する自分の声が、ひどく寂しく聞こえた。ここで少しでも怖気《おじけ》づけば、これは怒声ではなく悲鳴になってしまう。それゆえに、フキは腹に抱いた火を振り絞るように叫ぶ。

「結局、わたしへのご寵愛が、気に入らないだけではありませんか！　わたしは、天子様に選ばれた！　それが何より確かなことでございましょう！　わたしは――」

しかし、先に膝《ひざ》をついたのは、心ではなく身体だった。突然、言葉と一緒に強烈な吐き気がせり上がった。それはあまりに急なことで、堪える暇さえない。

腹にわずかに残っていたものがフキの口から飛びだし、大広間の畳を汚した。その上、フキは力が抜けて立っていることすらできず、自分の吐物の上に倒れこむ。鼻をつく酸っぱい臭いと、手を包むどろりとした温かさに、再び吐き気がせりあがった。

目も耳も、たちまち霞《かす》んでいく。スマやキヨが上げる悲鳴も、ボタンが誰か外の者を呼びに行く様子も、フキにとってはどこか遠くの出来事のように思われた。在るのはただ、腹の底でなお火花を放つ大きな怒り。

長いこと、忘れていた。こんなところにあったのか、とフキは懐かしささえ覚える。

なぜ。

なぜ、わたしだけが。

初めてそう思ったのは、十年ほど前にさかのぼる。城下町の大半を灰へと変え、数万人もの民を燃やした大火は、時田家がもともと住んでいた表店《おもてだな》とフキの母を一時に奪った。その悲しみも癒《い》えぬまま、父と弟と自分、一家三人で転がり込んだ九尺二間。時田家は裏長屋に住み始めたのだった。

そこには下女がいるわけもなく、炊事洗濯は自らやらねばならなかった。父は、土蔵のおかげでなんとか手元に残った品物を売りに、朝から晩まで外に出ており、弟はいまだ言葉もままならない。となれば、家のことはすべてフキがこなすことになる。

ヒビだらけの古びた竈《かまど》に、何度も息を吹き込み、火を熾《おこ》した。火がついても、隙間風ですぐに消えてしまうから、何度も何度も吹き込み続ける。すると、まるで竈自体が息をするように、ぼうっ、ぼうっと炎を膨らませた。慣れぬ仕事に疲れてくると、自分が息を吐いているのか吸っているのかわからなくなる。自分と炎とが、互いの息を吸い、吐き出す。乾いた熱気が流れ込み、腹の底で燃える。

そんな時、フキは思ったのだ。なぜ、わたしだけが、と。

もしも家が燃えていなければ、もしも母が生きていれば、こんなことにはならなかった。

わたしだけが弟の面倒を見て、わたしだけが父の仕事の手伝いをすることはなかった。わたしだけが誰よりも早く目覚め、わたしだけが誰よりも遅くに眠り、あかぎれや火傷《やけど》の痛みに耐えることも、周囲から哀れみや嘲《あざけ》りの目で見られることもなかったはずだ。

その苦しみから抜け出すために、大奥に来た。その怒りを糧に、大奥で生きてきた。しかし、それでもなお、終わらない。天下一の男の寵愛を受けてなお、変えられぬものがあるのだ。

「……許せない」

ふと呟《つぶや》いたのは、果たして己か、それとも腹で燃え盛る火か。

フキにはもう分からなかった。

火之番は夜八つにようやく寝入って、昼四つに目を覚ます。他の奥女中から遅れて朝餉《あさげ》をとった後には、昼のお勤め。廊下の金網行灯《あんどん》や部屋に置かれた灯明皿の手入れ、あるいは御目見えの方々の火鉢を熾し、かまどの火の始末を見回った。どれも大切なお勤めではあるものの、どうにも日中は身が入らない。やはり柏木《かしわぎ》を打って、暗い大奥を見回ってこそのお役目ではないか。実際、火之番の間では、明るいうちのお勤めを昼行灯と呼ぶ。つまりは薄ぼんやりと、行灯の手入れをするということだ。

クメとトメは昼行灯となると、見回りもそこそこに長局向と中奥を繋《つな》ぐ廊下へ向かうのが常だった。そのあたりは日中通る者がほとんどおらず、火之番に人気の休憩所となっているのだ。この日も、クメは廊下に身をなげうって、ひやりとした床板で涼を取っていた。

「また、ボタン様に叱られちゃうよ」

と、トメはいさめるものの、声音には全く力がこもらない。休みたいのはトメも同じ。いっそのこと、自分にもクメのような思いきりがあったなら、と羨《うらや》ましくさえ思っていた。

そんな考えを見透かしてか、クメはいつもの悪戯《いたずら》っぽい笑みを浮かべると、突然、こんなことを言いだす。

「そうだ、今から、七つ口に行かない？　そろそろ金魚売りが来てるかも」

「でも……」

「ほら、冷水売りだって来てるかも！　白玉をつるっとさ、クメちゃんも好きでしょ？」

「……」

「……ね？」

「……わたし、白玉増し」

「あたしは葛《くず》入り！」

そうと決まれば話は早い。こんなところで油を売っている場合ではなかった。二人はすぐに七つ口に足を向ける。

「フクちゃん、今は忙しいかな」

「どうだろう。確かボタン様は昼間に御中﨟の話し合いがあるとか言ってたけど――」

せっかくなら、三人で楽しみたかったが、さすがにお役目が異なるとどこにいるのか容易にはわからない。この際、一《いち》の側《かわ》の方を捜してみようかしら、と思いながら角を曲がった時、トメはとっさに足を止めた。大広間に面する廊下に出るや否や、二人の女中の姿が目に入ったのだ。おそらく、大広間の中では件《くだん》の話し合いが行われているのだろう。二人は雑用として大広間の前に控えているようだった。

クメとトメは廊下の角から、身を隠すようにしてその様子をうかがった。すぐに引き返さなかったのは、かろうじて聞こえた会話に、つい気を引かれたからだ。

「――おフキ様も、すっかり御中臈が板について。ほんの数年前までは、水汲《みずく》みをしていたのに」

「おサヨさん、あなた、おフキ様と一緒にお勤めしていたの」

「……ええ。同じ釜《かま》の飯を食べ、同じ井戸の水を汲んでおりましたとも。おフキ様が中庭でたまたま天子様のお目に留まった、その時、わたしも隣にいたのよ。誰も知らないでしょうけど」

クメとトメは思わず目を見合わせてしまう。

「なんだか、棘《とげ》がある感じ～」

「おフキ様のお知り合いなのかな？」

「もう一人の方は……おツユ様よね」

火之番の勤めである火消しの確認は、御中﨟の部屋に立ち入る機会もある。それゆえ、クメとトメはフキの部屋で、ツユに何度か会ったことがあった。見回りに来ただけなのに、わざわざ新しくお茶を淹《い》れてくれたことが印象に残っている。

「おサヨさん……は、よく知らないけど」

彼女の話が本当なら、おフキ様の元同僚でありながら、片や御中﨟、片や小間使い。少々愚痴っぽくなるのも、分からなくはなかった。

ただ、サヨの口から続いて出てきた言葉には、どきりとしてしまう。

「親心だのなんだの……御台様から天子様を奪っておいて、よく言うわ。所詮《しょせん》、貧乏な呉服屋の娘じゃない。ちょっと見た目がいいからって――」

「おサヨさん」

ツユもさすがに止めに入る。しかし、それが気に障ったのか、サヨはますます不愉快そうに眉《まゆ》をひそめた。

と、その時――ちゅう、と鼠のか細い鳴き声が聞こえた。間髪を容《い》れず、屋根裏から小さな足音が聞こえる。トメは気のせいかと思ったが、クメもまた天井を見上げて怪訝《けげん》な表情をしていた。

「こんな真昼間に？」

「寝ぼけているのかしら」

そして、鼠の気配に気を取られていた矢先、突然大広間から叱責《しっせき》が聞こえる。

「何が、おかしいのですか……！」

自分たちに向けられたものでもないのに、思わず身がすくむほどの怒りが滲《にじ》んでいる。クメがそっとトメの手にすがり、トメもまたその手を握り返した。

続けて、今度は悲鳴が上がった。廊下の端まで届くような、女たちのつんざくような叫びだった。

荒々しく襖《ふすま》が開けられたかと思うと、そこに立っていたのは御中﨟のボタン。

「奥医師を呼んで！」

ツユは大広間の中で何が起きたのか、襖の向こうを一目見て悟ったらしい。さっと顔色を変えて駆けだしていく。

ボタンはそれからサヨに言った。

「あなたは中に」

「えっ」

呆気《あっけ》にとられるサヨに対し、ボタンは有無を言わせぬまなざしでこう続けた。

「おフキさんが倒れたのよ」

トメは一瞬耳を疑ったが、どうやら間違いないらしい。クメの方に目を向けると、何も言わず頷《うなず》き返される。ただ、その目に浮かんでいたのは危惧《きぐ》というよりも、抑えきれぬ好奇心か。

「クメちゃん、お勤めに戻ろう」

と、手を引っ張っても、クメは頑としてその場を離れようとしなかった。目を凝らし、耳を澄ます。要するに野次馬だ。大広間で何が起きたのか、とにかく見過ごすことはできない、という顔をしている。

「クメちゃん」

トメが肩をゆすると、ようやく振り返る。

「置いて行ってもいいよ?」

「でも……」

「トメちゃんも、気になるんでしょ～?」

そりゃ、気にならないと言えば嘘になる。

おフキ様が倒れたともなれば、それは大奥を揺るがす大事件だった。しかも、叫び声や悲鳴が聞こえたことから、ただ気分が悪くなったようにも思えない。その後、奥医師と共に戻ったツユがフキを背負って長局向へ去ってからも、他の御中﨟たちは中々大広間から出てこなかった。サヨもボタンに呼び出されたきり、帰ってくる気配がない。

しかし、もぬけの殻の廊下でも、大広間の中での会話は中々届かなかった。とうとう我慢が利かなくなったのか、クメは周囲を改めて確認すると、大広間の入り口に向かって歩きだす。

「クメちゃん⁉　バレちゃうって！」

「たまたま通りかかったことにすれば大丈夫！」

「もう〜！」

一人で離れて待っているわけにもいかず、結局トメはクメについていく。ツユたちが控えていたところまで来ると、わずかに襖が開いていた。中を覗《のぞ》けば、ずらりと御中﨟の面々が横並びになっている。ボタンと老中藤巻、勝沼の三人だけが少し離れたところで何か言葉を交わしていた。

「おサヨさん……掃除させられてるね」

御中﨟たちがひそひそと会話する中、一人だけ畳を拭《ふ》いている。ちょっと気の毒ね、とトメが呟《つぶや》くと、

「おフキ様に失礼なこと言うからだよ。バチが当たったの」

とクメは手厳しい。しかし、大広間から聞こえてくる御中臈たちの話も、随分と辛《しん》辣《らつ》だった。御中臈のマツは周囲に隠すそぶりも見せず、

「まさかお怒りのあまり倒れるだなんて、よほど悔しかったのかしら」

と言って笑っている。

「奥女中ともあろう者が、御台様もいらっしゃるような場で、あんなに大きな声を出すなんて……やっぱり、お里が知れますわ」

マツのあてつけに、相槌《あいづち》を打つのはタケだった。この二人がフキに対して良い印象を持っていないことは、大奥の中では有名な話だ。一方、それを不愉快そうに聞いていた、スマとキヨがフキにほれ込んでいることもまた、有名だった。

「あれはもしかして――つわり、かしら」

スマは周囲に聞こえるように独り言を漏らした。キヨもすかさず頷き返し、

「あれほどのご寵愛《ちょうあい》ですもの。天子様もきっとお喜びになるはず！」

おフキ様のご懐妊！

クメとトメは、この時、完全に言葉を失っていた。いよいよ、とんでもない話を聞いてしまったのではないか。本当だとしたら、大奥中の噂話はこれで持ち切りになること間違いなし。どうやらキヨたちの放言というわけでもないらしく、マツとタケは

苦り切った顔をしている。ボタンはどこか険しい表情で床を見つめ、思案にふけっているようだった。

ゆらりとサヨが立ち上がった。掃除を終えたのだろう。とぼとぼと入り口に向かって歩いてくる。

「クメちゃん、帰ろう！」

こんな盗み聞きが見つかったら、ただではすまない。トメは慌ててクメの腕を引いたが、相変わらずクメは大広間に釘付《くぎづ》けだった。そして、ぽつりと呟いたのだ。

「鼠……」

「え？」

どういうこと、と尋ねるまでもなく、トメの耳にも、天井から響く小さな鳴き声が届く。

ちゅう。ちゅう。ちゅう。

それは先に聞こえた時よりも、ずっと数が多いように思われた。天井から響く足音も、まるで群れが駆けまわっているように騒々しい。

それからふと、大広間を静まり返らせる一言が、サヨの口からこぼれ出た。

「――間違ってる」

彼女は繰り返した。

「間違ってる……間違ってる……間違ってる！」

声は次第に大きくなり、御中臈たちも皆注意を向けるほど。ただ、サヨは周囲のことなど一切目に入っていないようだった。彼女はほとんど絶叫するように、言う。

「あんな卑しい女の血が……！　天子様の血筋に混じるなんて……！」

サヨの手に握りしめられた雑巾《ぞうきん》から、しみ込んでいた汚物がぼたり、ぼたりと落ちる。だが、なぜかそれは畳を濡《ぬ》らすことはなかった。

というのも、汚物は白い煙となって、畳に触れるよりも先に消えたからだ。トメも似たような光景は見たことがある。燠《おき》を火消し壺《つぼ》に運ぶ折、汗が滴ると、雫《しずく》は煙となるのだ。

つまり、そんなことが起きるとしたら、サヨの周囲がひどく熱いということ。燃えるように熱い、ということではないか。すると案の定、大広間はおろか長局向まで届くようなサヨの絶叫が、響き渡った。

「あああぁぁぁぁぁぁぁあ！　あじぃぃぃぃぃぃぃ！」

■

中奥に通じる廊下から届いた声に、坂下は頭を上げた。

七つ口のざわめきに紛れてはっきりとはわからないが、ここまで届くということはよほど激しく叫んだのか。それに、突然鼻先を妙な臭いが掠《かす》める。

「……煙か？」

目には見えないが、何かが焦げるような臭いだった。坂下は初め、御仲居《おなかい》たちが昼《ひる》餉《げ》のために何か焼いているのかと思った。実は以前にも、大奥中が焦げ臭くなるという騒ぎがあった。奥女中たちも男衆も、こぞって火元はどこだと駆けまわり、御中臈や御台所は七つ口に避難さえしたが、結局、原因は御仲居の一人が大釜《おおがま》の煮物を焦がし、それを隠すために中庭の隅に捨てたことだった。今でこそ芋煮の大火といって笑い話になっているが、坂下は思い出すたびに肝が冷える。

本当に火事が起きたとしたら、ただ事では済まないのだ。いくら大奥が大きな池の上にあるからと言って、建物を繋《つな》ぐのは木材だ。廊下を通じて天子様の住まう中奥、あるいは大名たちが執務を行う表にもつながっている。最悪の場合、御城全体が焼け落ちることにもなりかねない。

ゆえに、坂下はどうにも落ち着かなかった。杞憂《きゆう》で済むなら安いもの。広敷番の誰かを使いに出して調べさせるか、とそこまで考えだした頃、不意に、がたり、という硬い物音に気を引かれる。

見れば、薬売りの行李《こうり》が震えていた。それも、次第に震えが大きくなっていく。まるで、中で獣でも暴れているかのようだった。傍らにいた時田家の親子も啞然《あぜん》としている。

「おい、これは」

何か、と坂下が尋ねる前に、薬売りが目を見開いた。

「形を……成すか！」

その一声と共に、あたりを漂う焦げた臭いが、ぐっと濃くなった。坂下が抱いていた疑いは確信へと変わり、脂汗が背中を伝う。

「モノノ怪《け》だな？」

薬売りはそれに応《こた》えず立ち上がると、大広間へとつながる廊下へ進もうとする。

「待て！　どこへ行くつもりだ！」

坂下がすかさず薬売りの腕を摑《つか》む。その華奢《きゃしゃ》なつくりとは裏腹に、まるで大木を摑んだような心地がして、ぎょっとする。薬売りが本気なら、自分などいともたやすく振り払えるだろうと思いつつ、それでも坂下は手を放さない。

「わしは広敷番だ。許しもなく通すわけにはいかん」

しかし、薬売りは袂《たもと》から通行手形を取り出すと、

「許しは、ここに」

と言った。坂下はそれをひったくるように受け取り、目を細める。

「これは歌山殿にもらったものだろう。今は使えん」

「なるほど」

「忠告は忘れておるまいな？　今度、法度を破れば――」

と、不意に、薬売りの行李の飾り金具がかちり、と音を立てて外れた。

「……早い」

「どういうことだ」

「出たがっている」

行李の蓋《ふた》がひとりでに開かれ、そこから箱が滑るように現れた。箱には目玉のような飾りがついており、それがぎょろり、ぎょろりと周囲をうかがうように蠢《うごめ》いている。

それから、薬売りが指一本触れることなく、箱がひとりでに開いた。坂下も、もは

やこういった奇術めいたことには驚かない。箱の中に入っていたのは、幾重にも札のようなものに包まれた一本の棒だった。やがて札がばらばらとほどけて、中身が顔をのぞかせる。気づけば、坂下の胸が早鐘を打っていた。

知っている。

これは剣だ。鬼面の意匠が施された極彩色の短剣。

薬売り曰《いわ》く、モノノ怪を斬り、祓《はら》う退魔の剣。

それが出たがっているということは。

「火の回りが——早い」

薬売りが呟《つぶや》くと、剣の鬼面が、かちり、と小さく歯を鳴らした。

■

腰が抜けたのか、あるいは目が離せなかったのか、ともかくクメとトメは大広間の前から動けなかった。

サヨが「あじぃぃぃ！」と叫びながら、大広間の真ん中でよろめいている。奇妙なのは、彼女が足を置いたところが黒ずみ、煙を上げることだった。まるで、その身体の熱で、畳が焦げているかのようだ。

御中臈の一人であるタケが、「あなた、どうしたの？」と肩に手をかけると、彼女はたちまち手を離し、

「熱い！」

と声を上げる。タケばかりではない。他の御中臈も老中たちも、皆一様にサヨから距離を取っていた。まるで彼女が熱すぎて近づけない、とでもいうように。

しかし、トメの目に、火は見えない。サヨは見えぬ何かを振り払いながら、叫んだ。

「こいつらを……どうにかしてぇぇぇ！」

彼女がもがく動きは次第に激しくなっていく。自らの髪をかきむしり、腕を噛《か》み、やはり熱い、熱いと叫ぶ。

ちゅう。

ふと、鼠の鳴き声が聞こえたとき、トメは突然熱風のようなものが身体を貫いたような気がした。それと同時に、サヨが断末魔の叫びを放つ。

「あああああ――……」

次の瞬間、サヨの身体が炭へと転じ始めた。四肢が固まり、割れて、亀裂からは血とも炎ともわからない赤い輝きが漏れる。そして、指の先が崩れた。苦《く》悶《もん》に歪《ゆが》んでい

た顔もまた髪が燃えて塵《ちり》と消え、炭と化した鼻先から壊れ始める。

サヨの言葉にならない叫びが大広間を満たした。彼女は大広間の真ん中で倒れ、そして、その時初めて火が現れる。

小さな青い火が列をなしてサヨの身体を取り囲んだのだ。そして、興味をなくしたかのように、すぐに消え去る。残されたサヨの身体は完全な塵となって、静かに吹きはらわれ、やがて跡形もなくなった。

それから、どれほどの静寂が続いたのか。

やがて思い出したように、一つ、二つと御中﨟たちから悲鳴が上がるが、それをボタンが一喝した。

「お静かに！」

彼女はまるでその場にいた一人一人に念を押すように見回すと、言う。

「事の次第は男衆に調べさせます。あなた方は詮索《せんさく》無用。すべてお忘れになることです。……藤巻様、よろしいですね？」

彼女の強いまなざしには、老中藤巻も気圧《けお》されている。黙って頷《うなず》き返すしかないようだった。

大広間から急いで離れると、中庭に出てようやくトメは息をついた。そして、知らぬ間に、クメと固く手を握りあっていたことに気づく。

驚きと恐怖に舌は痺《しび》れ、そう簡単には言葉が見つからない。ともかく、二人だけで抱えきれるものではなかった。こういう時に必要なのは、やはり冷静な聞き手だろう。

クメとトメは示し合わせたように長局向に向かって歩き始めた。目的は一つ。

一刻でも早く、フクちゃんに話をしなければならない。

■

不意に、剣の震えが止まった。

薬売りは剣が収められた箱の蓋を閉じ、行李の中に戻す。飾り金具をひねり、鍵《かぎ》がかけられてようやく、坂下は息を吐くことができた。

「脅かしおって……」

一時は薬売りの剣によってざわめいた七つ口も、すぐに落ち着きを取り戻した。しかし、薬売りの表情は和らぐことなく、鋭いまなざしを天井へと向けている。

「隠れるのもまた、早いか……」

「モノノ怪は去ったのか」

「火種は、既に……」

妙に含みのある声が、腹の内をまさぐるような心地がした。坂下は胸騒ぎが収まらない。すると、三郎丸と目が合った。彼もまた眉間《みけん》に皺《しわ》をよせ、何かを案じている。

「坂下殿、さきほどのは――」

「時田様！」

三郎丸が言いかけたその時、長局向から奥女中が一人、小走りで駆けてきた。まだ若く、誰かの下女のように見える。

坂下が、転んだら大変だぞ、と声をかけようとした矢先、彼女は叫ぶ。

「おフキ様が、先ほどお気を失われて……！」

三郎丸の顔が青ざめた。床几《しょうぎ》に腰かけていた良路も、弾《はじ》かれるように立ち上がる。

時田家の親子はそのまま下女の案内に従って、長局向の方へ向かっていった。

そして、入れ替わりで須藤と浅沼が坂下のもとにやってくる。須藤は坂下の耳もとに口を寄せると、大広間でさきほど何があったのか、奥女中からあがってきた報告を伝えてきた。大広間で、人が死んだ。火の手こそ上がらなかったが、死んだ女中はまるで燃やされたかのように見えた、と。

「我々が調べるように、とのことです。新しく御年寄の座に就いたボタン様直々のご用命で」

「大広間……」

「……坂下様？」

須藤に怪訝《けげん》な顔をされて、坂下は我に返る。

まさか、そんなはずはない。

坂下は胸に浮かんだ疑念を振り払い、周囲を見回した。

「ふむ、別段怪しい者は見かけなかったが――」

そこでようやく、あることに気が付く。

「あ！　あいつ！」

七つ口のどこを見ても、薬売りの姿がないのである。

■

フキが目を覚ますと、ツユは悲鳴のような声をあげた。

「あぁ、おフキ様……！　ご無事で……！」

はじめ、フキはどうしてツユがそんなに取り乱しているのかと戸惑った。そもそも、どうして自分が寝ているのかも分からなかったのだ。ともかく、ひどく喉が渇いていて、フキは枕もとに置かれていた三角枡《ます》の水を一息に飲み干した。ツュはすぐさまおかわりを汲《く》みに走り、フキはそれもあっという間に空にして、ようやく頭が冴《さ》えてくる。そして、大広間での一件を思い出すにつれ、再び沸々と怒りが湧きあがってくるのを感じた。

「ご気分は、いかがです。……お腹がからっぽでございましょう。何か、召し上がりますか？」

そう言われて、フキは自分が吐いた瞬間をまざまざと思い出す。吐物の温かさがまだ手に残っているようで、鳥肌が立った。部屋に焚《た》かれた微《かす》かな松香だけが、かろうじて気を鎮めてくれる。

「おフキ様、脈を測らせていただいても、よろしいか？」

突然、男の声が背後から聞こえ、フキは飛び上がらんばかりに驚いた。

そこにいたのは金柑《きんかん》頭の男、奥医師の玄琢《げんたく》だった。御中﨟は毎月玄琢に身体を診てもらうのだが、フキはどうにもこの男が苦手だった。貼りつけたような笑みを常に崩すことがなく、いつも何か吟ずるような調子で話す。その慇懃《いんぎん》さに、かえって気づまりなものを感じていた。

フキがしぶしぶ腕を差し出すと、玄琢は蛞蝓《なめくじ》のように白い指で手首をまさぐる。彼はそれから「ほうほう」と呟《つぶや》いた。

「おフキ様は、こういったことは、初めてで？」

「……こういったこと？」

「吐いたり、お気持ちが悪くなったり、あるいは……寒気など」

「それは……まあ、時々」

どうしてお話ししてくださらなかったのです！　と突然声を上げたのはツユだった。

「つらい時にはお休みにならないと！」

「そう言われると思ったから、嫌だったのよ」

「しかし」

「ツユ」

もうやめて、と目で告げると、ツユは口を閉じる。それでも、その顔は明らかに納得がいかない様子だった。

「……それで、玄琢様のお見立ては？」

フキは話を戻しながら、さりげなく玄琢の手を振りほどく。彼は袂《たもと》から帳面を出し、ぱらぱらとめくりはじめた。

「月のものは……しばらく、ないようですねぇ」

玄琢はそれからフキを見つめると、笑みを浮かべたまま黙っている。

フキは思わずツユの方を見たが、考えたことは同じだったのだろう。

「……おフキ様の、お腹に……！」

その時、全身を貫いた感情をなんと言い表せばよいのか、フキには分からない。天子様の子を身ごもったということ。そこに含まれる意味があまりに大きく、重いために、どんな言葉をもってしても似つかわしくないように思えた。

フキは全身の戦慄《わなな》きを抑えながら、息を吐く。そして、全てを噛《か》みしめるように、目を閉じた。

ようやくだ。ようやく、わたしはたどり着いた。

「姉上！」

突然、部屋の襖《ふすま》が開かれた。父と弟が、フキを見るや否や、足音もはばからずに駆け寄ってくる。フキはいまだ感銘に痺《しび》れていたが、それでも平静を装い、挨拶《あいさつ》した。

「いらっしゃい、三郎丸。お父様も、ご無沙汰《ぶさた》しております」

「お身体は……？　血の気がないようにも見えますが」

せわしなく三郎丸が顔を覗《のぞ》き込んでくる。

玄琢は二人をなだめるように、

「ご心配めされるな。おフキ様はすぐに気を取り戻された」

と言って、席を立った。彼は部屋を出る際、ちらりとフキの方を振り向くと、

「とはいえ、ご無理はなさらぬよう……」

と忠告を残す。玄琢の目はフキというよりも、フキの腹に向けられていて、そのまなざしは、玄琢の生白い手を連想させた。フキが頷《うなず》くと、玄琢は静かに去っていく。

やがて部屋はたちまち静まり返った。三郎丸はフキに近寄りすぎたと思ったのか、どこか気恥ずかしそうに距離をとる。

「……ご無沙汰しております。先月は伺うこともできず……」

「いいのよ。お役目で忙しかったのでしょう」

三郎丸がお目付け役として大奥を訪れていた間、フキは朝礼ですれ違う他には顔を合わせることがなかった。真面目な性分ゆえに、務めに私情は持ち込まないと決めていたのだろう。だが、少し寂しかったのも事実だ。それもあって、つい意地の悪いことを言ってしまう。

「ここにはおなごがいくらでもいますからね。わたしに甘えに来る必要もなかったのでしょう」

「あ、姉上……！」

三郎丸は、参りました、とでもいうように頭をかく。その困り顔はかつての弟のままで、フキは思わず笑ってしまう。一方、父の方はどこか相槌《あいづち》もぼんやりとして、心ここにあらずといった風に見えた。

「お父様は、お変わりなく？　風の噂では、近頃、大友様とも将棋を指す仲だとか」

「いやぁ……ははは……」

「ご用向きは？　時田家が勢ぞろいなんて、何事です」

「ふむ……それはだな……」

昔から静かな親だったが、今日は輪をかけて口が重いようだった。三郎丸はそんな様子を黙ってうかがっており、父が話を切り出すのを待っているように見えた。

しかし、結局三郎丸はしびれを切らしたのか、フキをまっすぐに見つめて、言った。

「姉上、大奥を離れませんか」

冗談で言っているわけではないだろう。そもそも、自分の弟が洒落《しゃれ》の一つも言わない男だということは、フキもよく知っている。

それゆえ、フキはあくまで真面目に応《こた》えた。

「御中臈は皆、一生奉公。出ていくことなどできませんよ。先月、ここを見分したあなたなら、よくわかっているでしょう」

「さればこそです」

「……どういうこと？」

「私はしかと、この目で見たのです。大奥に潜む怨念《おんねん》が、女中の方々を呪い殺す様を。私は姉上のことが心配でならないのです……！」

「怨念だなんて……そんな」

「この世には、人の手ではどうすることもできぬ事があると知りました。あれから身を守るためには、大奥を出るほかありません……！」

「……」

フキは何も言わず三郎丸をじっと見つめ返した。気圧《けお》されながらも目をそらさないのは、言い争いも辞さない、という彼なりの覚悟を思わせる。いつも泣いて後ろをついて歩いていた弟が、こんな立派な男になったかと、フキは感慨すら覚えた。

もとより、先月の騒ぎについては、フキの耳にも届いている。人が化け物に殺されたということは知っていた。大奥を束ねる歌山でさえ命を落としたのだ。自分だけが安全だとは思っていない。

しかし、それでもフキの頭に、大奥を去るなどという考えは微塵《みじん》も浮かばなかった。

「それで？」

「え？」

「ここから逃げ出して、後はどうするつもり？　お父様が武士の身分をいただけたのも、あなたの立身出世も、ひとえに天子様のご寵愛《ちょうあい》があってこそでしょう。それを手放せと？　あの長屋暮らしに戻るつもりですか」

「それは……」

「お父様も、お父様です」

フキが目を向けると、それまで息を潜めていた父がびくっと身体を震わせた。

「時田家は天下を取るのだと……一番の御家になるのだと、そう言ってわたしをここに送り出したのは、お父様でしょう。こんなところで逃げ出すなど、大奥へ来た意味がありません」

フキは再び、三郎丸に視線を戻し、ふっと笑みを浮かべた。

「人の手にはどうにもならない、と言いましたね」

「……はい」

「だからこそ、天子様のお力を借りるのです。わたしには、それができる」

フキはお腹に手を当て、そっと撫《な》でまわした。

「何も怖がらなくていいのです。お世継ぎを産みさえすれば、もう……」

「姉上、まさか」

「本当に……あと一歩なのですよ」

そう言って、フキは父と弟に微笑みかけた。三郎丸は口をぽかんと開き、それから先の言葉が出てこない。父もまた、呆然《ぼうぜん》とこちらを見つめるばかりだった。

もちろん、自分の腹の中にいる子が、男か女かはわからない。それでも今、一つの可能性を手にしていることは確かだった。もしも、稚児《ややこ》が男のお世継ぎなら、フキは次の天子様の母となる。文字通り、時田家は日の本で一番の御家となるのだ。

■

三羽鳥が集まったのは、随分と日が傾いてからだった。クメとトメは夜回りが始まる前のほんの一時、長局向の端にある物置でフクを待った。

物置は乗物部屋も兼ねていて、木箱に収められた駕籠《かご》がずらりと並んでいる。一見すると壁のように見えるのだが、端に人一人がやっと通れるほどの通り道があった。

その奥には行事の時に使われる御輿《みこし》や山車《だし》、あるいは予備の衣装櫃《びつ》や屏風《びょうぶ》が山のように置かれている。どれも湿気を防ぐために油単がかけられているせいか、少し臭いのが玉に瑕《きず》だが、それも何度か使ううちに気にならなくなった。部屋の真ん中まで進むとちょっとした隙間があって、そこには、小窓から差しこむ夕日がぽかりと赤い光を落とすのだった。

この日、フクがやって来ると、クメとトメは堰《せき》を切ったような勢いで語り始めたが、返ってきた反応は期待外れだった。

「へえ、大広間で人死にね」

「……驚かないの？」

クメが不満げに口を尖《とが》らせると、フクは大きな溜《た》め息《いき》を一つ吐き出す。

「そりゃ、驚かないわけじゃないけれど……大広間からボタン様が帰っていらっしゃった時に、ただならぬ雰囲気だったの。だから、二人の話を聞いて納得しちゃったわ」

「単に亡くなったんじゃないの！　灰になっちゃったんだよ！」

「分かってるって」

「なんだかなあ。フクちゃんだったら、『うそ〜！』って大騒ぎしてくれると思ったのに」

肩を落とすクメに、トメは苦笑しつつも慰めの言葉をかける。

「フクちゃん、お疲れなんだよ。……ね？」

トメが尋ねると、フクも苦笑を浮かべて、「そうなのよ」と応えた。

「ボタン様がね、おアサさんを部屋に呼び出したんだけど——」

そこからは、クメとトメが話を聞かされる番だった。フクは日中、ボタンの部屋で書類の整理を行っていたらしい。そのほとんどは歌山が遺《のこ》した書状や巻物だというから、内々ではボタンが次の御年寄に就くことは決まっていたらしい。

ともかく、大広間での話し合いから帰ってくると、ボタンはしばらく一人にしてほしいと言ってフクを下がらせた。とにかく部屋の空気が張り詰めていて、咳《せき》の一つも躊躇《ためら》われるような雰囲気だったという。

しばらくしてまたフクが呼び出されたころには、普段のボタンに戻っていたが、なぜか突然、御祐筆《ごゆうひつ》のアサを呼び出したらしい。

「あの、歌山様のお気に入りだった……おアサさん？」

クメが口を挟むと、フクがうなずく。アサと聞いて、奥女中でその名を知らぬ者はいない。ひと月前、大奥にやってきたと思ったら、あれよあれよという間に御祐筆の座にまで上り詰めた出世頭なのだ。とりわけ、歌山が亡くなるまでは随分目をかけられていて、実は歌山様の隠し子なのではとか、色なのではとか下世話な噂も多く耳にした。

「ボタン様としては、自分が新しい御年寄になったから挨拶《あいさつ》をしたかったみたい。それだけ、おアサさんのことを高く買っていたってことだと思うけど」

事が起きたのは、その挨拶の終わり際だったという。

アサがすぐに部屋を退出しようとすると、

「あら、もう行かれるの？」

と言って、ボタンが引き止めた。

「ちょうど美味《おい》しい御水がありますから、召し上がっていって」

ボタンが小棚から取り出したのは、徳利《とっくり》と二つの盃《さかずき》だった。その「御水」が注がれると、傍に控えていたフクの許《もと》まで甘い香りが漂ってきた。それが酒であることは、もちろんアサもすぐに気付いたことだろう。

ボタンは探るような目でアサを見つめていた。

「歌山様が亡くなられて、不自由はない？　若くして御祐筆ともなれば、嫉妬《しっと》ややっかみも多いでしょう。何かあったら、わたくしにいつでもおっしゃってくださいな。父に頼めば……多少、融通が利きますから」

その笑みにはどこか含みがあった。しかし、アサは一気に盃を干すと、平然とボタンを見つめ返す。

「お心遣い痛み入りますが、お勤めをこなすのに精いっぱいで、悩む暇もございません」

その時のボタンのまなざしは、傍で見ていたフクがぞっとするほどの冷たさだった。

しかし、それでもアサは眉《まゆ》一つ動かさなかったらしい。

ボタンはそれで、相手を測り終えたのだろう。表情を和らげると、こう言った。

「大切なのは、百五十年と続く政《まつりごと》のかたちを守ること。そして、天子様をお助けすることです。今の心がけを、ゆめゆめ、お忘れにならないで」

アサは静かに頭を下げ、部屋を出ていった――……

「わたし、隣にいただけなのに、肩こっちゃった」

一通り話を終えると、フクは最後にそう言い添えた。

「ボタン様の根回しの早さもそうだけど、おアサさんもおアサさんよ。あんな誘いをすげなく断るなんて、やっぱり変わってる」

すると、いつの間にか床に横たわって頬杖《ほおづえ》をついていたクメは「そうねぇ」と相槌《あいづち》を打つ。

「あたしだったら、よろこんで大友家とお近づきになるけどなあ」

一方、トメが気になったのはボタンの方だった。

「やっぱり、御年寄になっても不安なのかな。要するに、おアサさんを仲間にしたかったわけでしょう?」

「おフキ様がお世継ぎを産んだらどうしよう、って考えているんじゃない?　いくら御年寄でも、天子様の母親相手には強く出られないもの」

フクは大広間での話を聞いて、そこに合点がいったらしい。つまり、フキの懐妊のせいで、ボタンは焦っているのではないか、と。

「言ってしまえば、大奥で女中が死ぬことは、まあ……珍しくないでしょう?　でも、お世継ぎが生まれることは、めったにないもの。それも老中の御家柄でもない御中﨟から生まれるとしたら……」

何が起きるか分からない。

あるいは、あの怪死でさえ、その予兆に過ぎないのではないか。

気づくと、部屋に差しこむ夕日は隅へと移り、あたりには暗がりが忍び寄っていた。

「そろそろ行かないと」

クメとトメは立ち上がり、フクに別れを告げる。

また、いつものお勤めが始まるのだ。柏木《かしわぎ》を打って、火の用心。行灯《あんどん》、竈《かまど》、火鉢をめぐる夜の見回り。御中臈が身ごもろうとも、大奥の縄張り争いが盛んになろうとも、やることは変わらない。

物置を出ると、空はまだ赤々と染まっていた。一瞬、見上げるほどの巨大な火が、大奥を覆っているかのように見える。火之番として染みついた性分だろうか。クメとトメはそれが妙に落ち着かず、見回りの持ち場に急いだのだった。

■

「――しかし、姉上の身を思えばこそでしょう。嫌な予感がするのです。七つ口で会った、あの薬売り……ただの奇人ではございません。妖《あや》しきことに鼻が利く。姉上は即刻、大奥を離れるべきです」

大奥からの帰り道、三郎丸はまだ諦《あきら》めきれない様子で、フキを説得するべきだと繰り返した。

御城内郭《うちぐるわ》の外へ通じる橋までくると、良路は足を止める。

「……お前を疑っているわけではない。わしとて、フキを案じているのは同じだ……」

「ならば」

「もう、フキの身は時田家のものではないのだ」

お腹に天子様の子がいるというのなら、フキは天下の母となりうる。親の一存で連れ戻せるような身分ではなくなったということだ。

「……わしは大友様に会ってくる。ご報告せねば」

三郎丸はしばらく良路をじっと見つめていたが、「お気をつけて」とだけ言い置くと、足早に去っていく。良路はその背中にかける言葉を探したが、結局ふさわしいものは見つからなかった。

良路は表の玄関から御城に入り、迷路のような中奥へと進んだ。やっと老中部屋までたどり着くが、部屋はがらんとしていて、小姓の一人も出てこない。

「大友様……？」

良路の呼びかけは空しく響く。思えば、いつもは老中大友の呼び出しを受けてやってくる。こうして自ら部屋を訪ねるのは初めてのことだった。大友が普段どのような勤めをしているか、良路はほとんど知らない。どれほど待てばよいのか、あるいは、今日は会えないこともあるだろうか、などと思案しながら部屋を歩き回っていると、不意に足の裏に鋭い痛みを覚えた。

何かと思えば、将棋の駒を踏んでいた。拾ってみると、それは歩だと分かる。おそらく、片付けた際に落としてしまったのだろう。ただ、妙なのはその駒の端が黒く焦げて欠けていることだった。まるで、鼠にかじられたように見える。

と、不意に人の声が聞こえ、良路はとっさに屏風《びょうぶ》の裏に身を隠した。隙間からうかがうと、老中藤巻と老中勝沼が入ってくるのが見える。やましいことをしたわけでもなし、おとなしく部屋を出ればよかったのだが、隠れたことでかえって出づらくなってしまった。

「いやはや参りましたな、大奥で人が燃えるとは」

口ぶりのわりにどこか楽しげな様子で、勝沼が言った。良路には話の筋がよくわからなかったが、藤巻は深い溜《た》め息《いき》を吐き出した。

「いや、当面の問題は別だ」

「時田の娘……おフキ、でしたか」

それを聞いて、良路はたちまち全身から脂汗が噴き出す。

「うむ、万が一男子が生まれれば、継承争いは避けられん。そうなれば姫君の後見を頼りとする、おぬしら勝沼家の立場も危うかろう」

「しかし、呉服屋の娘の産んだ子を世継ぎに推す者などおりますかな」

「……逆だ。今の政に不満を持つ輩《やから》は、こぞって担ぎ上げるだろう。時田には後ろ盾がない。周囲の力が強まれば、自然と何かに縋《すが》ろうとする。操るのはたやすいのだ」

「ははぁ、さすが藤巻殿は慧眼《けいがん》ですな」

勝沼のお世辞にはまるで関心のない様子で、藤巻は独り言のように言った。

「あの娘は、火種になったのだ」

その時、気のせいだろうか、すぐそばにあった行灯の火が身震いをするように揺らめいた。

「いっそのこと、大友様にご相談してみてはどうですかな。大友様であれば、時田などいかようにでも」

「お耳に入れてはならん！」

藤巻に激しい剣幕で怒鳴られ、さすがの勝沼も口をつぐむ。藤巻はほとんど詰めるように言った。

「あの方にとって、フキの子が生まれることは思いいもよらぬこと。歌山がどうなったか、忘れたか」

「それは……」

「大奥で立った火は、大奥で消さねばならん。煙の一筋でさえ、ここに届くようなことがあってはならん！」

藤巻が口を閉じると、沈黙が下りた。やがて勝沼はごく真面目な表情で言う。

「でしたら、わが娘のマツにお任せください」

「できるか」

「もちろんです。こういう時に使わねば、娘を大奥に入れた甲斐《かい》がありませぬ」

「やり方は任せるが……くれぐれも事を荒立てぬよう、穏便にな」

「ははぁ」

勝沼は頭を下げると、部屋から出ていく。藤巻は独りになると、とりわけ大きな溜め息をついた。

「……困ったことになった」

すると、突然、ぱちんっ、と行灯が爆《は》ぜて、覆い紙が燃え上がる。

「ひぃっ！」

藤巻は身をすくめたが、行灯の紙は瞬く間に塵《ちり》となって消えた。剝《む》き出しとなった灯明皿の上で、風もないのに炎が揺れている。

藤巻は逃げるように老中部屋を去り、その足音が全く聞こえなくなってようやく、良路は屛風の裏から出ることができた。困ったことになった、はこちらの台詞《せりふ》だ。藤巻たちの会話から、フキの懐妊について大友に相談するのは悪手だと分かった。しばらくは様子を見るしかない。

「火種……」

寸前に聞いた言葉を思い出し、良路はほとんど眩暈《めまい》を覚える。それは先日、老中大友自身が言っていた言葉でもあった。

どんなに小さき火種も、見過ごせばやがて大火となる……しかし、フキが火種だとして、それは消すことなどできないもののはずだ。あるいは、本当に彼らはその方法を知っているのか――……

ちゅう。ちゅう。

ふと、恐ろしい想像に呑《の》まれかけた良路を、鼠の鳴き声が引き戻した。

どこかに鼠がいるらしい。天井裏かと思って見上げても、老中部屋の天井は高く、明かりの届かぬ大きな暗がりが良路を見下ろすばかりだった。

良路は悪寒を覚え、それから藤巻と同じく逃げるように部屋を後にしたのだった。

■

坂下は七つ口を閉門した後、大奥の見回りに向かった。大広間での騒ぎにおいて、もしも「犯人」がいるのなら、どこかに潜んでいるかもしれない。それを捜しださねば——というのは、建前だ。すでに、坂下はそれが人によるものではないことは確信していた。人が燃えるだけならまだしも、その炎は目に見えなかったという。「犯人」がいるとしたら、それはモノノ怪《け》ではあるまいか。

ゆえに、坂下が捜していたのは、そのモノノ怪を祓《はら》える男。

「こんなところに……」

果たして、薬売りは大広間前の廊下に一人佇《たたず》んでいた。坂下が声をかけようとすると、薬売りが突然白い礫《つぶて》を柱に投げつける。折りたたまれていたそれはひとりでに開かれて、一枚の札となった。既に宵闇に呑まれつつある大奥にあって、その札は白く輝き、薬売りが札をあちこちに投げつける様は光の種を蒔《ま》くように見える。

坂下はしばらくその様子に見とれてしまったが、薬売りが大広間の襖《ふすま》に手をかけたところで我に返った。

「おい、お前っ！」

薬売りがゆっくりと振り向き、「おや、坂下殿」などと呑気《のんき》に答える。

「やっと見つけたぞ！　大奥は男子禁制だと、何度言ったら……」

いや、わかっていたら、こんなところに来ていないだろう。坂下はすぐにそう思い至って、忠告を諦《あきら》める。

実際、薬売りはまるで気にした様子もなく、大広間の襖を開け放った。

そして、坂下が止める間もなく足を踏み入れる。薬売りは大広間の中央まで行くと、しゃがみ込んだ。そして、何かをなぞるように長い指を畳に這《は》わせる。

「人が、燃えた」

もとは焦げ付いた足跡も残っていたらしいが、既に畳は張り替えられていて、焼死の証《あかし》はない。それでも薬売りの声には確たるものが滲《にじ》んでいた。床を見つめる目はあまりに澄み切っていて、坂下はぞくりとする。

「お前、どこでその話を聞いた」

「見れば、わかる。これはモノノ怪だ。骨の髄まで塵と変え、人を燃やし尽くす情念……」

薬売りはゆっくりと立ち上がり、坂下の方を振り返った。

「心当たりがおありのようで」

坂下は思わず息を呑んだ。そして、あの声を思い出す。

——坂下。

——わたしがここにいるのは、秘密ですよ。

坂下は喉元《のどもと》まで出かかった言葉を、無理やり呑み込んだ。

「ふざけたことをぬかすな！　騒ぎになる前に、ここから去れ！」

薬売りがわずかに目を細める。

その瞬間、坂下は心の臓を掴《つか》まれるような心地がした。今にも逃げ出したくなる一方で、足が釘付《くぎづ》けになって動けない。

坂下は目を伏せ、苦し紛れに言った。

「……規則には従え。お前にお前の務めがあるように、わしにもわしの務めがある」

「……仕方、ありませんね」

「あ？」

薬売りから返ってきた素直な返答に、坂下はかえって驚く。顔を上げるといつの間にかすぐ目の前に薬売りが立っていた。そして、

「今宵《こよい》、また出る」

と言う。

「……人が死ぬのか？」

坂下が尋ねても、薬売りは静かに見返してくるばかりだった。そして、ふらりと脇
「……っ！」

を通り過ぎるとき、呟《つぶや》いた。

「火の、用心」

第二幕

人は言う。

大奥とは、華であると。

天子様に仕える奥女中三千人、その誰もが美しい。それは華麗な打掛に身を包んでいるだけではなく、その立ち居振る舞いを評したものだ。市井の娘たちの憧《あこが》れであり、地方の役人や豪商が娘を花嫁修業に送り出すのもまた、大奥では女が一際磨かれると信ずるからに他ならない。

人は言う。

大奥とは、誉であると。

凡百の民草は足を踏み入れることすら許されぬ、天子様の住まい。そこに暮らせることがどれほど恵まれたことか。御目見え以上ともなれば、天子様のご尊顔を目にすることさえ許される。百万石の大名が顔も上げられぬ相手から、「近《ちこ》う寄れ」と言われるのだ。

人は言う。

大奥とは、閨《ねや》であると。

奥女中のお務めは、結局のところお世継ぎをなすことにある。天子様に呼ばれ、夜《よ》伽《とぎ》に励む。天子様を悦《よろこ》ばせ、子種を授かる。あとは、健やかな男児を産むことができれば、それに越したことはない。どんなに仕事ができずとも、天子様の子をなせば、それは誰よりも日の本のためにお務めを果たしたことになる。

だが、大友ボタンに言わせてみれば、大奥とは将棋だった。

すなわち、血の流れぬ戦である。表に立つ男たちが戦えば、そこでは確かに人が死ぬ。しかし、男たちの言い分を娘たちが背負い、言葉の上でぶつかれば、一滴の血も零《こぼ》れることなく事を収めることができる。上に立つ女中は手駒を持ち、それらを駆使して御家の望みを果たすのだ。

ボタンが大奥にやってきてから、はや五年、全ては王将になるための道筋に過ぎなかった。御中﨟になるまでは早かった。それが親の威光によることとは、ボタンにも分かっている。周囲からの妬《ねた》みや陰口も甘んじて受けいれてきた。それでも、ただ大友家という家柄に胡坐《あぐら》をかいていたわけではない。御年寄の歌山を補佐し、少しずつ大奥における地位を固めた。行事ごとの大名の接待、あるいは地方から上がってくる陳情の解決に、いつも気を配った。天子様の寵愛《ちょうあい》は奪い合うことしかできないが、お務めによる貢献は互いに手を組むことができる。そうして、ボタンは仲間の駒を増やしてきたのだ。それも、自分が駒であると気づいていないような、駒たちを。

――人に命じることは子供にでもできる。人の上に立つ者は、命じなくとも動く駒を持っているものだ。

これはボタンが父から教わった政《まつりごと》の枢要。この言葉を信じ、導《しるべ》にして歩んできた。そして、ようやく、ここまでたどり着いたというのに。

ボタンは自室でひとり、頭を抱えていた。既に日は暮れ、大奥は静まり返っている。文机《ふづくえ》の上には書状が山のように積まれていた。日々の入用の明細帳から、里帰りをする奥女中の許可状まで、歌山の不在からたったひと月で、驚くべき量に膨れ上がっている。

御年寄は奥女中から日々上がってくる報告に目を通し、必要とあらば手配を命じ、表との交渉もしなければならない。書状はいくらでも増えていく。今更になって、ボタンは歌山が息をつく暇も惜しんで書状を読んでいたことを思い出した。とはいえ、こうなることは覚悟のうえで御年寄になっている。問題は、頭に居座る二つの懸念が、集中を妨げていることだった。

フキの懐妊と大広間の怪死。

命じたところで従えることのできないものが、二つも降って湧いてきた。一つでも十分行き先が読めないというのに、こうも見事に重なるとは。それも、自分が御年寄になったその日に起きたのだから、いよいよ何かに試されているような気がしてくる。こういう時、父ならばいったいどうするのか――……

物思いにふけるあまり、ボタンの手は完全に止まっていた。顎《あご》に伝った汗が、書状に落ちて染みを作る。しかし、暑い。昼間の暑気が日暮れになってもなお、居座っていた。

ボタンはせめて風を入れて気分を変えようと、廊下の襖《ふすま》を開いた。さして涼しくはないのだが、それでも中庭に広がる池が目に入ると、胸がすっとする。暮色を刷《は》いた水面には、灯籠《とうろう》の明かりが点々と揺らめき、時折聞こえる火之番の声が暗がりに浮かんでは消えていく。

廊下に出て、ひと気のない中庭をぼうっと見つめていると、祭壇の近くで何かが動いたような気がした。巨大な三角鳥居に囲まれた大井戸、その端に誰かが立っている。

「ボタン様」

暗闇に目を凝らしていたところを、声をかけられた。ボタンは内心ぎくりとしたが、それでも努めてゆっくりと振り返る。そこにいたのは、広敷番の若侍。確か、須藤と言ったか。

「大広間の件について、何か分かったの？」

ボタンが尋ねると、須藤はなぜか一瞬答えに詰まる。報告に来ておきながら、何をためらうことがあるのか。ボタンは少しじれったく思いながらも、須藤が口を開くのを待った。

するとややあって、須藤がぼそりといった。

「モノノ怪《け》の、仕業かと」

「……モノノ怪？」

「坂下殿がそうおっしゃっていたもので。それに、おスズ様の呪いだという者も」

「どういうこと？」

思わず詰問するような声音に須藤が身をすくめるのが分かった。彼はそれから逃げるように目をそらし、「ああっ！」と叫ぶ。

「こんなところにも！」

見ると、柱に札のようなものが貼られていた。少し目をやれば、一つや二つではないとわかる。見える限り、柱のすべてに札がある。

「貼ったのは誰です」

「それは……その」

須藤はまた口ごもる。しかし、とうとう答えはせず、代わりに近くの札を剝《は》がした。

「すぐに片付けます」

「そちらの玩具《おもちゃ》も、全部よ」

ボタンが目で示したのは、欄干の上に並ぶ、蝶《ちょう》を象《かたど》ったような金物細工。双翼には鈴が吊《つ》り下げられ、小さく左右に揺れている。

「……ひと月前の騒ぎでも、置いてありましたね」

ボタンの言葉に、須藤の耳がぴくりと動く。しかし、それでも須藤は白を切るつもりか、口を開こうとはしなかった。

「誰の仕業か、答えるつもりはないということですか」

「いえ、その……」

「かまいません。あなた方にも考えがあるのでしょう。ただ、お忘れにならないで。あてわたしは、あなた方に、調べなさいと言ったのです。モノノ怪だの、呪いだの、あてもない世迷言《よまいごと》におびえてどうするのです。あなた方ができることは、ないのですか」

ボタンは欄干に歩み寄ると、蝶のような玩具をつまみ、池に投げ捨てる。

「不安は病のように広がるものです。御城の外に噂が漏れれば、それは天子様のご威光を曇らせかねない。大奥は常に、ゆるぎないものでなければ」

「……はっ」

須藤は改めて頭を下げると、近くの札を剝がし始めた。

ボタンは部屋に戻り、襖を閉めると小さく息をつく。

すると、ちりん、という心地よい鈴の音が聞こえた。

気づけば、捨てたはずの玩具が、机の上に立っている。しかも、まるでこちらを覗《のぞ》き込むように、正面にとらえて微動だにしない。

ボタンは玩具をつかむと、襖を開き、勢いよく外に投げた。

しかし、いくら待っても池に落ちたと分かる水音はしない。その静けさが続けば続くほど、かえって胡乱《うろん》な印象が膨らんでいく。ボタンはそれが恐ろしいというより、腹立たしかった。自分の理解の及ばぬものがあるということに、まるで愚弄《ぐろう》されているような気がするのだ。

ボタンはふと、大広間でこちらを睨《にら》みつけていたフキの形相を思い出した。そして、ますます頭に血が昇っていく。

なぜ。

なぜ、わたしだけが。

嫉妬《しっと》され、恨みを買い、侮られるのか。ボタンも、御家の下駄なんて脱げるものなら脱ぎたかった。大友家の娘であるかぎり、どれほど努力し、結果を残そうと、「大友ですものね」と言われてしまう。もしも、自分が大友家の人間でなかったとしたら。もしも、フキのように呉服屋の娘だったとしたら。いくら考えたところで自分の生まれをかえることはできない。そうわかっているのに、ボタンは考えを止めることができない。

しかし、その時、暗闇を裂くような女の悲鳴が聞こえた。廊下に飛び出し、耳を澄ますと、今度は助けを求める声が大奥中に響く。

「誰か――誰か、来て！　人が、燃えてる！」

■

奥女中たちが住まう長局向は、四の側から一の側まで、位の高低で暮らす部屋が異なっている。四の側は狭い土間と狭い居室、火鉢も一つを数人で囲む。行灯《あんどん》の油も限りがあるから、夜の早いうちに消灯することが多い。一方、一の側の位の高い女中は明かりも暖も好きなだけ取れるため、何かと夜更けまで起きていることが多かった。

火之番からすると、火のつくところは全て見回る必要があり、結果として側を上るにしたがって、面倒が増える。一の側に至る頃には夜も深まり、睡魔も忍び寄るのが常だった。

「お火の元……お火の元……」

トメの声には、もはや張りがなくなっていた。クメが柏木《かしわぎ》で打つ合いの手も力なく、次第に間の抜けたものになってくる。

「あぅ」

ふと、言葉にもならないような声が聞こえた。クメの欠伸《あくび》かと思いきや、そうではない。

「あーう」

赤子の声だった。出所は御中﨟マツの部屋だ。トメは昼間、大広間で姫様の後見人が決まったことを思い出した。早速御台所から引き離されて、ここに連れられてきたのだろう。

マツの部屋にはまだ明かりがついている。とはいえ、大きな声を出して姫様を驚かせてはいけないと、クメとトメは静かに部屋を通り過ぎようとした。

しかし、その時、襖《ふすま》越しに声が聞こえる。

「あなたが選ばれた日のこと、忘れてはいませんね」

マツが誰かと話しているようだった。トメはクメと示し合わせるまでもなく、一緒に立ち止まり、自然と聞き耳を立てる。

今度はマツの相手の答えが聞こえた。

「もちろんでございますとも。日々、天子様のお傍でお仕えができるのは、勝沼家のお口添えがあったがゆえ」

「それでは……」

「……かしこまりました」

と、不意に、近くの金網行灯がパチリと爆《は》ぜた。トメたちは弾《はじ》かれるように歩みを再開し、慌ててその場を後にする。襖から洩《も》れる妙に内密な雰囲気に、ことさら聞いてはいけないことを聞いてしまった気がしたのだ。

二の側まで戻っても、中々胸の動悸《どうき》は収まらない。

「水でも飲もうよ。暑すぎ～」

クメのそんな提案に、普段はあまり休憩を望まないトメも二つ返事で乗った。とにかく、落ち着きたかったのだ。実際、今日は日が暮れても昼のように暑かった。まるで夜の帳《とばり》の向こう側で、大きな火でも焚《た》いているかのような熱気を感じる。気付けば、随分と汗をかいていた。

大奥には各部屋に一つ井戸があって、それは地下の大きな貯水池に繋《つな》がっていた。それをいつでも好きに飲めるのは、奥女中のささやかな特権と言える。クメとトメは近くの井戸に寄ると水を汲《く》み上げ、襟元が濡《ぬ》れるのもかまわずに何杯も柄杓《ひしゃく》で飲んだ。クメに至っては、着物の袖《そで》をまくって腕を出すと、釣瓶《つるべ》を満たす水に浸している。

夜風はぬるいが、じっとしていると汗も引いていった。そろそろ見回りに戻ろうとした時、トメはふと鼻につく臭いに気づく。

「……何か、燃えてる」

お役目柄、トメは煙の臭いには敏感だった。夜回りも、火が立つのを見て気づくようではもう遅い。ものが燃える微《かす》かな臭いで、火気の居所を突き止めなければならない。臭いは見る間に強まっていって、トメはたちまち気が張り詰める。それが獣を焼く臭いだということまで確信した。御膳所《ごぜんしょ》から時折漂ってくるような、雉《きじ》や兎を焼いた匂いとは異なる。これは悪食の獣、すなわち貉《むじな》や狐、あるいは……

「トメちゃん、この音」

クメに言われて耳を澄ますと、聞き覚えのある響きが微かに聞こえた。大広間の前で聞いた、沢山の鼠が天井裏を駆ける音だ。しかも、昼にも増して、その数は多くなっているような気がする。悪臭に異音が重なり、トメは胸がざわめくのを感じた。湿っぽい風も、妙に気持ちの悪いものに思えてくる。

と、その時——激しい音を立てて、近くの廊下に置かれていた行灯が破裂した。火が金網から溢《あふ》れ出て、一瞬、青い光を放つ。

「ひゃっ！」

クメとトメは腰を抜かし、その場にへたり込んだ。幸い、周囲に飛び火はしなかったが、覆いを燃やして剝《む》き出しになった灯明はなおも震えていて、今にもまた爆ぜそうな気配を放っている。

それから、今度ははっきりと悲鳴が聞こえた。

「今の……一の側だよね？」

「行こう」

二人は互いを鼓舞するように頷《うなず》きあって、立ち上がる。そして一の側に向けて駆けていくと、すぐに悲鳴の出所にたどり着いた。

「あじぃぃぃぃぃぃぃっ！」

暗がりで、誰かがもだえている。襖や欄干にぶつかり、のたうち回り、不意に動きを止めたかと思えば、叫びだす。

「あついっ！　あついっ！　あついっ！」

クメとトメが提灯《ちょうちん》を掲げると、その姿が暗がりからぬっと浮かび上がった。剃髪《ていはつ》された頭と羽織袴《はおりはかま》、奥女中としては珍しいその装いを見れば、一目瞭然《いちもくりょうぜん》。

「長寿様《ちょうじゅ》……？」

夜伽《よとぎ》が行われる時にはいつも聞き耳を立てるお目付け役、すなわち御伽坊主。長寿の部屋は二の側にあるはずだが、どうして一の側の廊下にいるのか。それに、顔中にまるで水でも被《かぶ》ったかのように汗が浮かんでいる。いくら暑い夜だと言っても、さすがに異様に見えた。

「どうされました？」

クメとトメが近寄ろうとすると、長寿はなぜか後ずさり、近くの襖に手をかけた。その部屋の土間に転がり込むと、這《ほ》う這《ほ》うの体《てい》で水瓶《みずがめ》のもとへ向かう。しかし、その水瓶は空だった。

「あじぃぃ……！」

長寿が呻《うめ》く。その瞬間、青い炎がその背中から噴き出した。炎はすぐさま消えるが、長寿は土間の棚に身体を打ち付け、行灯を蹴散《けち》らし、倒れ込む。その指先が黒く焦げ付き、ぼろぼろと崩れ始めた。それは昼間、トメたちが大広間で見た光景とよく似ている。

「誰か──誰か、来て！　人が、燃えてる！」

トメはひとまず叫んだものの、大奥は静まり返っている。幸か不幸か、長寿が入り込んだのは空き部屋で、誰もいなかった。彼女はよろめきながら立ち上がると、奥の間へ進んでいく。

「お待ちください！」

クメとトメが駆けよるが、長寿の全身から放たれる熱気に足が止まった。炎は見えないが、近づくことなど到底できそうにない。

「あああああああっ！」

長寿が一際大きな声を上げて倒れる。すると、鼠の激しい鳴き声とともに、天井裏を叩《たた》きつけるような大きな音が響いた。頭上で、百もの、千もの、鼠の群れが渦を描いて走りまわっているような──……

「いったい、何事です！」

クメとトメが振り向くと、廊下にボタンが立っていた。彼女は怯《ひる》むことなく部屋に足を踏み入れ、崩れ行く長寿の姿を見て顔をしかめる。

「これは……また？」

そして、続けざまにもう一つ、今度は大奥にあっては実に異様な男の声が響いた。

「そいつから、離れろ！」

直後、トメたちの脇を通り過ぎて、長軀《ちょうく》の背中が目の前に飛び出した。

「薬売りさん！」

その呼び声に応《こた》える代わりに、薬売りは部屋の四方八方を睨《にら》み、言う。

「既に……囲まれているぞ！」

次の瞬間、床、襖、天井から数え切れぬほどの青い炎が噴き出した。足元を炎が駆け抜け、時にぶつかる。あたりを埋め尽くすほどの鼠の群れに呑《の》み込まれるような気がした。

「――どうされました！　悲鳴が聞こえましたが……」

遅れて、坂下がおっとり刀で現れる。坂下は疾駆する炎に言葉を失い、立ち尽くした。薬売りは袂《たもと》から無数の札を取り出したかと思うと、部屋中にそれを投げつける。すると炎の群れは札を避けるようにして逃げ惑った。次々に床や襖に潜り込んで、姿を消していく。

炎は誰かに襲い掛かるそぶりも見せず、少しずつその数を減らしていった。部屋中に札が貼られ、最後、天井の一角に薬売りが投げつけると、とうとうすべての火が見えなくなる。

「……消えたのか？」

坂下が問いかけると、「いいや」と薬売りは首を振った。

「隠れた。目的は果たしたようだ」

薬売りが部屋の中央に横たわる長寿に目を向けた。青い炎の名残のような小さな灯が、その身体を取り囲んでいる。長寿の頭はもはや完全に炭と化していたが、わずかに最期の苦悶《くもん》の跡が残っていた。しかし、それもすぐにぐらりと崩れ、塵《ちり》となって吹き飛んでいく。肉と骨は見事に燃え尽き、羽織袴だけが残された。

それからしばらく、部屋には沈黙が流れたが、初めに口を開いたのはボタンだった。

「今のは……何なのです」

声の震えは隠せていない。それでも薬売りに向ける顔つきは毅然《きぜん》としている。

薬売りはおもむろに長寿の跡に近づき、床に膝《ひざ》をついた。

「群れをなし、骨の髄まで貪《むさぼ》る炎……」

微かに残っていた青い火が消え、薬売りはその残滓《ざんし》を掬《すく》い取るように指でなぞる。

「これは、火鼠だ」

薬売りの帯に挟まれた短剣、その柄《つか》を飾る鬼面がキンッと歯を鳴らした。

「形を——得た」

その一言を聞いた時、トメは思わず身震いする。薬売りの言葉が、これまで漠然と思い浮かべていた何かに、一つの輪郭を与えた気がしたのだ。何者も、ひとたび名前を与えられれば、以後、人は目をそらすことができなくなる。それは、実はとても恐ろしいことなのではないか。

「群れ……あの火が全て……」

坂下が呆然《ぼうぜん》と呟《つぶや》く。すると、薬売りはおもむろに立ち上がり、

「あれはひ、ひのこだ」

という。

「子供にすぎない。母親はどこか別にいる」

「火鼠の子供か……？　子供が人を燃やすというなら、母親は……」

坂下はどこかばつが悪そうに口ごもった。その最悪の想像は、おそらくその場にいた誰もが思い浮かべたことだろう。

そして、薬売りだけは、それを躊躇《ためら》うことなく口にする。

「火鼠はすべてを焼き尽くすまで決して止まらぬ。火の元を見つけて斬らねば、大奥は早晩燃え落ちる定め……」

「いい加減にしなさい！」

それを遮るように、ボタンが声を上げた。

「大奥の皆を惑わす元凶はあなたでしたか。禁制を破り、怪しげな話で恐怖を煽《あお》り……ひと月前の功績は、わたしも知っています。しかし、いかなる事情があろうと、大奥にはしきたりがある。こうも勝手気ままに振る舞われては、大奥の風紀はかたなしです！」

その声音には、彼女の可憐《かれん》な体躯から発されたとは思えない厳しい響きがあって、トメは思わず身をすくめてしまう。しかし、薬売りはあくまで調子を変えずに、こう返した。

「されど、モノノ怪《け》を斬ることは人の業にあらず。モノノ怪を斬らねば、火を鎮めること能《あた》わず」

「……あなたには、斬れるの？」

薬売りはその問いにふっと微笑むだけだった。しかし、それがますますボタンの気に障る。

「まるで、ご自分は人でなしとおっしゃりたいようね」

ボタンがもはや悪意も隠さず言い放つが、薬売りは平然と帯に挿していた短剣を抜き出し、掲げた。

「我ら六十四卦《け》は、古今東西、遍《あまね》き刻《とき》と遍き処に赴いて、モノノ怪を祓《はら》う者。そして、この退魔の剣でなければ、モノノ怪は斬れぬ」

薬売りの朗々たる声が、夜更けの大奥に響き渡る。その言葉に応じるように、剣の鬼の目がぎょろりと回った。

「この剣を抜くには条件がある。形、真《まこと》、理《ことわり》の三様を明かし、剣に示さねばならない。形とは妖《あやかし》の名。真とは事の有り様。理とは心の有り様。……すでに、形は得た。火鼠とは、絶えることなき炎より生まれ、飽くまで食らう怪《い》し火。これが大奥に憑《つ》きし情念と一つになり、モノノ怪となった」

今やその場にいる誰もが息を呑んでいた。

「よって——皆々様！　モノノ怪の真と理……何卒《なにとぞ》、お聞かせ願いたく候！」

ボタンはしばし呆気《あっけ》に取られていたが、ふと我に返ると、

「剣が必要と言うならば、借り受けるまでです。……坂下！」

と呼びつけた。

「えっ……は、はっ！」

坂下が慌てて前に出ると、薬売りは微笑を浮かべ、短剣を放り投げる。坂下はそれ

を何とか受け止めるが、たちまち腰を曲げて踏ん張り始めた。短剣を落とすまいと堪《こら》えているらしい。

「その剣は陰陽八卦が一振り――名を、坤《こん》の剣」

薬売りはゆっくりと坂下の方へ歩み寄ると、坂下が顔を真っ赤にして持っている短剣を、こともなげに摑《つか》みとった。

「生憎《あいにく》、こいつは我々にしか扱えない代物でして」

坂下はぽかんと口を開け、それからボタンの方を振り向いて、弁明するかのように言う。

「まるで漬物石だ！　わしには、とても……」

すると、見る間にボタンの顔が曇っていく。その果てに絞り出された命令は、どこか苦し紛れに聞こえた。

「もう十分です！　この者をひっ捕らえなさい！」

しかし、坂下はそれには応えず、

「お待ちくだされ！」

と言って、袂から通行手形を取り出した。

「ボタン様、こいつは手形をもっておりやして、わしが通したんでさぁ。ほら、この通り」

坂下はそれから手形を見つめると、「ん〜？」と首をひねった。

「待てよ、これは先月のモノノ怪退治の折、歌山様にいただいたものではないか！　今は使えんぞぉ！　まったく、しようのない奴だ！」

その大根役者ぶりはほとんど笑ってしまうほどなのだが、同時に、坂下が薬売りを守ろうと必死であることが伝わってくる。

「……ボタン様、ここは一つ穏便に！　こやつも、大奥を一度は守った男でございますから」

「……坂下、あなた本気で言っているの？」

「わしが、本気でなかったことなど、ありやせんよ」

「……」

「……」

ボタンは黙ったまま坂下を睨《にら》んでいたが、やがて小さな溜《た》め息《いき》と共に目をそらす。

「誤って通行を許したお前の罪、長年の勤めに免じて此度《こたび》は許しましょう。ただし、次はありませんよ」

「恩情、痛み入りまする！」

坂下は平伏し、深々と頭を下げた。ボタンはそれから薬売りに向かって、

「坂下に感謝なさい。そして、二度と顔を見せぬことです」

と言い捨て、部屋を出ていく。その足音が遠ざかると、ようやく張り詰めていた空気が緩んだ。そして、坂下は顔を上げるや否や、薬売りを睨みつける。

「お前のその尖《とが》った耳は、馬の耳というわけか。わしがあれほど忠告したというのに」

しかし、薬売りは悪びれる様子もない。

「モノノ怪があれば、行って斬る。それが務め」

「務めのためならば、道理は無視というわけか！　大体、ボタン様がお許しくださったからいいものの、嘘でも殊勝な態度をとっておれば……」

早速、坂下にいつもの調子が戻ってくる。トメは内心安堵《あんど》せずにはいられない。クメもどこか嬉《うれ》しそうに割って入った。

「まあまあ、坂下様。薬売りさんが来てくれたおかげで、あたしたちも無事だったんですよ。坂下様だって薬売りさんのことをかばったじゃないですか。あたし、驚いちゃった！」

「勘違いするでない！　わしは、モノノ怪を断つ腕が惜しいと思ったまで……」

「ふ〜ん」

クメから注がれる生暖かい視線を振り払うように、坂下は「ともかく！」と再び声を張る。

「これ以上、大奥から死人を出すわけにはいかん」

坂下は長寿の羽織袴《はおりはかま》をそっと拾い上げた。

「……なぜ、長寿様が狙われた？　おクメたちは、何か見たのか」

「悲鳴が聞こえたから来たんです。でも、その時はもう、あつい、あついって」

「今宵《こよい》はお夜伽《よとぎ》もない。長寿様は添寝役のお役目もなかったはずだが……」

坂下は眉間《みけん》にますます深い皺《しわ》を刻んだが、拾った羽織の袖《そで》に手を入れた途端、おや、という顔をする。

「なんだ、これは」

坂下が見つけたのは、徳利《とっくり》ほどの大きさの小瓶だった。ガラス製で表面が玉虫色の光を放っている。坂下はその瓶を開けると、恐る恐るその臭いを嗅《か》いだ。

「うっ……！」

思わず顔を背けた坂下の目には涙まで浮かんでいる。しかし、薬売りはその整った鼻を近づけると、大きく臭いを吸い込んでいた。そして、ほとんど間を置かずに、こう言う。

「輝血《かがち》です」

「なんだそれは」

「鬼灯《ほおずき》のことですよぉ、坂下様」

クメが助け舟を出すと、坂下も「あぁ」と頷《うなず》いた。

「つまり、薬か」

「煎《せん》じて飲めば熱を抑えるが……百薬の例にもれず、過ぎれば毒ともなる。これは子を流す毒だ」

薬売りの話を聞いて、坂下の表情はたちまち険しいものになった。

「……ボタン様には、わしから報告しておく。いいな。おクメ、おトメ、今の話は口外してはならん」

いつになく真剣な忠告に、トメも黙って頷くしかない。坂下は袖に小瓶をしまうと、薬売りの方に向き直った。

「お前は火鼠とやらを祓ってくれ」

「しかし、ボタン殿は、二度と顔を見せるな、と」

「だから、お前がもっとうまく立ち回れば、こんなことには……まあ、今更詮無《せんな》いことだが！　……よいか、あの方はまだお若いのだ。こういうことには慣れておらん」

「こういうこと、とは」

「火の……騒ぎだよ」

ほう、と薬売りが声を上げる。すると、合いの手を入れるように、薬売りの腰に挿された短剣の鬼面が、かちり、と歯を鳴らした。

坂下は続ける。

「大奥に立つ火に偶然はない。人だろうがモノノ怪《け》だろうが、そこには必ず何かがある」

「やはり……心当たりがおありのようだ」

かちり、とまた短剣が鳴る。

坂下はしばし逡巡《しゅんじゅん》していたが、薬売りのまっすぐなまなざしに耐えかねたのか、口を開いた。

「わしはただ、おスズ様のことを思い出しただけだ」

それを聞いて、あっ、とトメは思わず声を上げる。

「おスズ様って、あの大広間の幽霊の……」

「ほぅ、幽霊、ですか」

薬売りが話に食いついた。磨き抜かれた水晶のような瞳《ひとみ》を向けられて、トメは思わず顔が熱くなる。

「火之番の間では有名なんです。夜回りをしていると、明かりを持った女の人が大広間にいるって」

すると、坂下はすぐに「幽霊ではない！」と声を荒らげた。

「おスズ様は、二十年前に御中﨟だったお方だ。ご懐妊なさったが、うまくいかず……ある日、火事で亡くなられた。幸い火は燃え広がらずに済んだが、おスズ様は偶々《たまたま》巻き込まれてしまった。そこが、大広間だったのだ」

坂下は帯に挟んでいた手ぬぐいを取り出すと、じっと見つめた。

「最後におスズ様を見たのは、わしだった。あの時、声をかけていれば……」

それから、坂下は呟《つぶや》くように言う。

「おスズ様は優しいお方だ。人を殺すモノノ怪になぞ、なるはずがない」

「あるいは、その優しさが、呪いに転ずることもある」

薬売りの言葉に、坂下が顔を上げた。

「呪い……？」

「火とは、明かりに暖に役立てども、ひとたび大火となれば老若を問わず牙《きば》をむく。火鼠も、もとは守り神。子宝、安産を願う人々の想いに宿るもの。しかし、過ぎれば

「……」

「やめてくれ！」

「モノノ怪ならば、必ず真《まこと》と理《ことわり》が——謂《いわ》れと想いがある。それを急ぎ、明かさねばならない」

坂下は口を開きかけたが、結局反駁《はんばく》の言葉は出てこなかった。難しい顔をしたまま、黙り込んでしまう。

坂下の代わりに、トメは尋ねた。

「薬売りさん、モノノ怪は今どこに？」

「見えずとも、大奥の、どこかに」

薬売りはぐるりと周囲を見回し、それからクメとトメに向けて意味深な微笑を浮かべる。

「そこで、お二人に、お願いしたいことが一つ」

■

昼間、父と弟と面会したせいか、その日フキは、随分と懐かしい夢を見た。

フキがまだ言葉もろくに知らない時分――そして、まだ母が生きていた頃の思い出だった。

夏の盛りが過ぎ、ようやく雲が低くなるころ、一年に一度だけ母は散歩に出かけた。付き人もつけず、たった一人、真っ白な麻をまとって家を出たのだ。フキは家にいるように言われたが、当時は素直に従うほど幼くも、事情を察して堪《こら》えるほど長じてもいなかった。フキは何度もその跡を付けたのだった。

母の散歩は、一度その機会を逃せばまた次の夏を待つことになる。初めは母を追ううちに見失ってしまい、気落ちして家に帰りついたころには、母が先に帰っていた。次第にコツを摑《つか》んで、ようやく見失わずに済んだのはフキが九つの時だった。

別段、何かを期待していたわけではない。むしろ、どこか恐れていた節もある。いつもは優しい母が、散歩の日はどうにも近寄りがたかった。普段は開け放してある戸口をすべて閉じて、寝室で一人、物音ひとつ立てずに過ごす。それから、一人で散歩に出かけた。外に出たら出たで、道中は知り合いに挨拶《あいさつ》することもなく、黙々と歩くのだ。

母は街道筋から離れると、川の土手に向かった。屋敷のある町からそう遠くはないのに、あたりには不思議と民家は見当たらず、建っているものといえば道祖神の小さな祠《ほこら》くらいだった。行く手を遮るものはなく、それゆえ土手の一面に咲き乱れる、赤い花が目に焼き付いた。陽炎《かげろう》を通して見れば、燃え立つ熾火《おきび》を敷きならべたようだった。

近づいてみると、その花は実に美しい。くるりと内側に巻いた花弁がいくつも輪のように連なり、その一つ一つからは、華奢《きゃしゃ》な蕊《しべ》が伸びる。そして、その全てが目の覚めるような紅に染まっていた。祭りの屋台で見かける飴《あめ》細工のようにも、あるいは、夜空に咲きこぼれる花火のようにも見える。それが彼岸花と呼ばれることは、ずっと後になって知った。

フキが花に見とれて手を伸ばすと、突然「おやめ」と鋭い声が飛んできた。母がこちらを見て立っていた。

「これは、毒花ですよ。触れてはなりません」

その剣幕と、尾行がばれたことによる動揺に、フキはほとんど泣きそうになった。しかし、母はそれ以上叱責《しっせき》するわけでもなく、すぐに踵《きびす》を返すと再び歩き出した。フキはその後ろをとぼとぼとついていくしかない。

それから、どれほど歩いたか。母が振り向きもせずに、ぽつりと呟いた。

「お前には、二人、兄がいるのです」

最初、フキはその言葉の意味がよく分からなかった。会ったこともなければ、存在を聞かされたことすらなかったのだ。どうして今そんな話をするのかも、よく分からない。それゆえ、精いっぱい頭を振り絞り、当時のフキから出てきたのは、「どこにいるの?」という問いだった。

母はしばらく黙っていたが、やがて、

「海かしら」

と応《こた》えると、突然土手を下り始める。彼岸花を踏み分けながら、フキも必死に後を追った。やがて河原に出ると、母は彼岸花を二本手折る。そして、それを川にそっと流したのだった。

「ここに来たことを、お父様に話してはいけませんよ」

家に帰ってから、二人の兄について、母が話すことはなかった。フキもすぐに忘れてしまった。帳簿を付けたり、侍女たちにてきぱきと指示を出したり、いつも通りの母に戻ったことがとにかくうれしかったのだ。

フキは、今なら、二人の兄がどこにいるのかわかる。

母はずっと会いたかったのだろう。そして、今や願いを叶《かな》え、三人は一緒に楽しく暮らしているのかもしれない――……

フキが目を覚ますと、襖《ふすま》の隙間から白々とした光が差し込んでいた。枕もとにはツユが控えていて、身体を起こすと、いつもの柔和な笑みを浮かべてくる。

「おはようございます。……どうかなさいました？」

「……外が、騒がしいわね」

耳についたのは、廊下を行き交う人々の足音だった。一の側に部屋を持つ奥女中は下女や部下も多く、朝から人が忙《せわ》しなく行き交うもの。ただ、今日は普段に増して余裕がないような印象を受ける。

「何かあったの？」

フキが尋ねると、ツユが昨晩に起きた事件の顚末《てんまつ》を教えてくれた。すなわち、御伽坊主の長寿が、突然焼け死んだという。

「大広間と同じじゃないの」

「噂によると、モノノ怪《け》のしわざだとか」

ツユの口からさらりと出てきた「モノノ怪」という言葉に、フキは思わず身構える。その不安が顔に出ていたのか、

「ただの噂でございますよ」

ツユはなだめるように言って、水の入った三角枡《ます》を差し出してきた。フキは受け取

ったのはいいものの、一瞬、饐《す》えた臭いが鼻を衝《つ》き、手が止まる。

「……おフキ様？」

ツユに見つめられ、慌てて水に口を付けた。夜、汗をかいて喉《のど》が渇いていたからか、その後は一息に飲み干してしまう。枡をツユに返すと、なぜか訝《いぶか》しむような目を向けられた。

「どうされました？　急にニヤニヤとなさって……」

「別に。ちょっと、大奥にやってきた頃のことを思い出しただけ……わたし、御水が嫌いだったのよ」

「おフキ様……御中﨟の方に限って、そんな言い方はおよしください」

「ツユだって、御水を飲むの、最初は苦労しなかった？　妙な味がするでしょう」

ツユは一瞬言葉に詰まるが、結局かぶりを振る。

「もう忘れてしまいました。三十年も昔の事ですよ」

「そう」

「御水が気になるのだとしたら、おフキ様のお身体が変わりつつあるということです。子を身ごもると、口や鼻が敏《さと》くなるものですからね」

「あら、そうなの？　水瓶《みずがめ》の水を換えていないのかと思ったわ」

フキがからかうように言うと、ツユは苦笑まじりに言う。

「おかわりなさいます？」

「もう十分。それより、朝の支度を」

今や、フキが気になるのは朝礼だった。中庭にある三角鳥居の祭壇で、奥女中たちは御水を飲む。そこで、フキはいよいよ天子様の子を宿した者として、皆の前に現れるのだ。

腹の底から、微《かす》かな緊張と抑えきれぬ昂《たかぶ》りが湧きあがってくるのをフキは感じる。

もう、自分は呉服屋の娘ではない。

天子様の御子を孕《はら》んだ女。

日の本の母となる、女なのだ。

■

「騒ぎを大きくしてどうする！」

いつものように大友から将棋の相手に呼び出され、老中部屋へと向かう途中、良路の耳に突然怒声が飛び込んできた。中奥の廊下の陰で藤巻が仁王立ちになっている。

その前で頭を下げていたのは、勝沼だった。触らぬ神に祟《たた》りなし、と良路は踵を返すが、その拍子に、床がけたたましい軋《きし》みを上げた。

良路は動きを止め、息を殺す。幸い、藤巻たちは会話に夢中で気づかなかったらしい。ただ、これ以上下手に動くこともできなくなってしまった。

「お前が手綱を握るという話だったではないか」

自然と話は耳に入ってくる。藤巻は声を抑えていたが、それでも我慢ならないという思いが滲《にじ》んでいた。対して、勝沼の方はどこか他人事《ひとごと》のように答える。

「申し訳ない。長寿が勝手に動いたようで。娘のマツが既に策を打っておりますゆえ、しばしお待ちくだされ」

「何を悠長なことを……！」

「大奥には、大奥のやり方というものがありますからなぁ。もちろん、藤巻殿がことを収められるというのであれば、邪魔だてはいたしませぬ。しかし、手先となるような娘も女中も、お持ちではないでしょう？」

言葉に窮した藤巻に対し、勝沼は話を切り上げるような調子で言った。

「この勝沼にお任せを。悪いようにはいたしませぬ」

それから二人は別れ、勝沼が良路の方にやってきた。一瞬、咎《とが》められるかと身構えたが、勝沼は見向きもしない。すれ違いざま横目に盗み見ると、勝沼は口の端をいやらしく歪《ゆが》めていた。

再び老中部屋へと向かいながら、良路は頭が痛くなる。いったい、大奥で何が起きているというのか。

――大奥を離れませんか。

あの時の三郎丸の深刻な面持ちが、良路の頭をよぎる。しかし、結局考えに耽《ふけ》る暇もなく、老中部屋にたどり着いてしまった。

大友は部屋に運び込まれた献上品を退屈そうに物色していた。まるで生きた蛇のように見えるガラス細工や錦鯉《にしきごい》の見事な絵付けが施された五彩の大甕《がめ》、あるいは透き通るような青磁が美しい古伊万里《いまり》の香炉。それらは凡百の家であれば、一つ一つが家宝として珍重されるであろう品々だ。しかし、大友はそれらに毛ほどの興味もないように見える。

「大友様、遅れまして申し訳ございません」

良路はそう言って、すぐさま将棋盤に駒を並べ始めた。少しの乱れも起きぬよう、細心の注意を払う。

と、不意に「時田」と声がかかった。良路が顔を上げたのも束の間、

「ほれ、受け取れ」

大友が何かを投げてよこした。なんとか両手で受け止めて、その意外な重みにぎょっとする。見れば、金の小判だった。

「これは」

「駄賃だ。お勤めで忙しいところ、わしの将棋の相手をするのは骨が折れるだろう」

「いいえ、まさか、滅相もない」

こんなことは初めてだった。自分はからかわれているのか。大友をいくら見つめ返しても、その真意は摑《つか》めない。むしろ、何か下手なことをしでかしたのではないかと、良路はここ数日の自分の振る舞いを必死に思い出した。

すると、

「なんだ、足らんか」

そう言って、大友は小判をもう一枚投げてよこす。

「大友様、これは過分にございます！」

慌てて小判を返そうと差し出すと、大友は将棋盤の向こうにどかりと座り、黙って三枚目の小判を握らせてきた。その無言の笑みに、良路は引き下がらざるをえない。

手がひどく重かった。小判を脇においてもなお、重しでも持つかのように腕があがらない。

「二つ……お尋ねしてもよろしいでしょうか」

良路がようやく絞り出したその問いは、自分でも情けないほどに震えている。

「なんだ」

「大友様は、なぜ、私なぞをお呼びくださるのですか」

大友は静かに笑みを浮かべたまま、良路を見つめてくる。

「どうした、将棋は飽きたか」

「いえ、そんなことは決して」

「わしは将棋が好きだ。何度やってもよい。将棋には変わらぬものがある」

大友は盤の中央に盛られた駒の山から歩を一枚摘《つま》み上げると、端に並べる。

「本当の戦は、煩わしいものだ。この日の本において、二つの王将がぶつかりあう合戦は絶えて久しい。だが、それでも駒自体が消えたわけではない。かつては一介の歩兵に過ぎなかった者が、今や己の領地では王将面をしている。この太平の世を守るためには、その愚かな駒が動かぬように、気を配らねばならん」

大友の手によって、寸分の狂いもなく駒が並んでゆく。良路はそれを見ながら、初めて大友の将棋の相手をした時のことを思い出した。その打ち筋は意外なほど素朴で、ほとんど拍子抜けするほどに弱かったのだが、とにかく大友は将棋の駒を正確に、八十一の格子の真ん中に打ち込んでゆくのだった。こちらが緊張で震える分、その一糸乱れぬ手つきが際立って見えた。

「対して、将棋はどうだ。どの駒も、役目が決まっておる。そして、変わることがない。成ることはあれど、歩が飛車に変わることはない。飛車が王将を裏切ることもない。将棋には、愚かな臣下も、腹黒い大名も、飢饉《ききん》も、地鳴りも、大火事もないのだ。だから、いい」

最後に王将を自陣に置いて、大友は駒をすべて並べ終える。そして、良路の駒のうち、最後に残っていた歩の駒を滑らせるように置いた。やはり格子の真ん中に、わずかな狂いもなく。

「時田よ、お前からだ」

大友がそう言って、笑う。傍に重ねて置いていた小判が、不意に崩れて、ごとん、と音を立てた。何か大きな、とても大きなものが落ちたように、老中部屋にその音は響いた。

■

朝一番の七つ口は驚くほど静かだった。朝の御水飲みや大広間での朝礼で奥女中はおらず、商売相手がいなければ、当然商人も来ることはない。火急の用事がない限り、客人たちもこんな朝早くから大奥を訪れることもなかった。それゆえ、広敷番にとっては同僚と言葉を交わしたり、朝日を胸いっぱいにあびたり、思い思いに過ごせる貴重な時間となる。

しかし、門が開かれるや否や、待ち構えるように立っていた男の姿を見て、坂下は思わず顔をしかめてしまった。薬売りは迷うことなく七つ口の中までやってくると、床几《しょうぎ》に腰を下ろす。

「まさか、ずっと待っていたのか」

坂下が呆《あき》れて尋ねても、薬売りは答えない。そこまでして大奥を離れようとしないのは、心強いのが半分と、恐ろしいのが半分だった。薬売りの表情も平生の綽綽《しゃくしゃく》とした笑みが消え、終始耳を澄まして何かを待ち構えているように見える。

「薬売りさん」

そこに、ちょうどクメとトメがやってきた。すると、それまで石のように動かなかった薬売りがゆらりと首を振り向けた。

「どうでしたか」

「これ、あまっちゃいました」

クメは持っていた手桶《ておけ》を差しだす。薬売りがその中から取り出したのは、天秤《てんびん》——蝶《ちょう》の形を模し、両翅《はね》に鈴をぶら下げた、手のひらに載るほどの大きさのカラクリだった。

「十分です。お二人ともご苦労様でした」

「とんでもない！　わたしたちもお役に立てればうれしいです」

薬売りの微笑に、トメは頰をさっと赤らめた。昨夜、大奥から出ていく間際、薬売りは二人に天秤を各所へ置くように頼んでいたのだった。人目につかぬよう、金網行灯《あんどん》の中に一つ一つ隠すという算段だった。

坂下は大きく咳払《せきばら》いをして、三人の間に割って入る。

「どうなっても知らんぞ。見つかれば、ただではすまん」

それは脅しというより、忠告だった。ボタンは情がないわけではなかったが、大奥の規律には厳しい。薬売りを手伝ったというかどで、クメとトメも連座しかねない。

しかし、そんなことはどこ吹く風というように、クメは天秤の一つを手のひらに載せると、蝶の翅のような腕の一方をつつく。すると、いったいどのような仕掛けによるのか、天秤は自らひょいと後ろに退いて、クメの指から逃げるのだった。

「この天秤さんたちが、モノノ怪《け》の場所を教えてくれるんですか」

クメの問いに、薬売りは小さくうなずく。

「この音で」

薬売りが指先で天秤を軽く傾けると、チリン、と澄み切った音が七つ口に響いた。その繊細な手の動きは、まるで気難しい猫を撫《な》でるようで、坂下の目にはますます天秤が生きもののように見える。

と、不意に、トメが「あっ」と声を上げた。

「クメちゃん、そろそろ行かないと！　御水の儀礼に遅れちゃう！」

「うそ！　もう!?」

クメは坂下に天秤を押し付けるように渡すと、トメと一緒に長局向へ戻っていった。その背中を見送りながら、坂下は二人の強《したた》かさに感心する。モノノ怪によって人が殺される様を目にしておきながら、まるで平生と変わらない。あるいは、クメとトメに限らず、奥女中が誰しも持つ寛容さと言ってもいいかもしれない。広敷番の男たちの方が、よほど怖気《おじけ》づいている。

それから、坂下はふと手の上の天秤に指を伸ばしてみるが、天秤は触れる前にゆっくりと傾いて、指を避けた。薬売りがかすかに鼻で笑ったような気がして、坂下は誤魔化すように咳払いする。

「それで、火鼠とやらがどこにいるのか、まだわからんのか」

すると、薬売りは天秤に目を落とし、

「モノノ怪が動かねば、天秤は鳴らない」

と言う。

「なんだ……役に立つのか、立たんのか——」

チリンッ、と突然音がして、坂下は口をつぐんだ。床几の上に置かれていた行李《こうり》の蝶番《ちょうつがい》が回り、引き出しが飛び出す。例の短剣がむくりと起き上がり、薬売りの手に収まった。

「真《まこと》は、近い」

薬売りがそう呟《つぶや》くと、短剣がまるで慄《おのの》くように、ぶるりと震えた。

■

フキが中庭の祭壇までやってきたとき、すでにほとんどの奥女中が揃っていた。その中で、大奥の祭司である溝呂木北斗は誰よりも先にフキがやってきたことに気が付いたようだった。祭壇奥の大井戸の縁に寄りかかり、気ままに煙草を吹かしているが、その眼光は鋭い。目が合うと、フキはどうにも息の詰まる思いがする。

しかし、そんな溝呂木も双子の娘が近くに戻ってきたときだけは、まなざしを和らげる。二日月《ふつかづき》と三日月《みかづき》、二人の少女は大井戸から御水を汲《く》み上げ、祭壇前に座った女中たちの三角枡《ます》に手桶から水を注いでいた。手桶の水がなくなると、また大井戸に戻って水を汲む。

フキが奥女中たちの並びに入っていくと、自然とあたりが静まり返った。三角鳥居を正面に見据えるフキの席の隣には、ボタンがしゃんと背筋を伸ばして座っている。フキが腰を下ろしても、前を向いたままだ。

不意に、ちゅう、とかすかに鼠の鳴く声が聞こえた。フキはあたりを見回すが、ボタンをはじめとして誰かが気づいた様子もない。

「諸諸《もろもろ》の禍事《まがごと》罪穢《けがれ》 有らむをば祓《はら》へ給ひ清め給へ」

溝呂木姉妹が声を合わせて祝詞《のりと》を暗唱する。そして、フキのもとまでやってくると、前に置かれた三角枡に御水を注いだ。

「お飲みにならないの？」

一足先に枡を空にしていたボタンが、そう尋ねてくる。フキはそれを無視して、三角枡を手に取ると一気に飲み干した。その瞬間、フキは四方八方から自分に向けられる視線を感じる。それは、憧《あこが》れや嫉妬《しっと》とは異なる、もっと不躾《ぶしつけ》な何か。腹のうちに隠された臓腑《ぞうふ》の一つ一つさえも見極めようとするまなざしだった。

なるほど、これが天子様の子を孕《はら》むということなのか、とフキは思う。

日の本の母となる女とは、いかほどか。

お前は一体何者か。

改めて、そう問われているような気がした。フキは御水の不快な臭いが喉元《のどもと》からせりあがっても、努めて余裕のある表情を作った。ここで弱みを見せるわけにはいかない。自分は奥女中たちを納得させなければならないのだ、と。

すると、おもむろにボタンが小さな瓶を取り出し、フキの傍に置いた。ガラスで作られ、小さいながらも手の込んだ切子細工が施されている。なにより暗い虹色《にじいろ》に輝く表面が異様な迫力を放っていた。これは何か、と尋ねる前に、ボタンが口を開く。

「亡くなった長寿が持っていたものです。この中には少しばかり水物が入っていて、それを金魚にやってみたら、たちまち死んだそうよ」

「それって――」

「毒です」

興味半分に瓶に伸ばしかけていたフキの手が止まる。

「でも、長寿はモノノ怪が殺したと……」

そう呟くと、ボタンはなぜか不愉快そうに眉《まゆ》をひそめた。

「長寿がなぜ死んだかは、あなたが気に掛けることではありません。この毒は、あなたに飲ませるものでしょうから」

「何を、おっしゃっているの」

「昨晩、長寿があなたの部屋に向かうのを見た者がいます」

「そうではなく、どうして」

「どうして、ですって？」

フキが動揺を隠せずにいると、ボタンの声音はますます冷ややかになっていく。

「あなたがお世継ぎを産むことを、望まない者がいるからでしょう。長寿の考えか、あるいは誰かが命じたのか、それは分かりません。いずれにせよ、御家のためとあらば、それぐらいのことはするものです。誰が毒を盛ったとて、おかしくはない」

フキはそこまで言われてようやく、自分が今朝、水を飲んでしまったことを思い出した。それも、いつもとはどこか異なる水を――……

その瞬間、フキはぞわりと総毛立つ。

「そうと分かっていて、今更……！」

しかし、ボタンはどこまでも冷ややかだった。

「……あなたのそういうところが嫌いなのよ」

「なんですって……？」

「わざと毒を見逃して、あなたを陥れたとでも？　そうおっしゃりたいの？　誰の子でも、お世継ぎはお世継ぎ。わたくしは大奥をまとめる者として、守る責務がある。だから、忠告してさしあげたのよ」

「……」

「あなたの部屋付き女中には、水を甕《かめ》ごと捨てるように言ってあります。あなたは毒を飲まずに済んだはずです。女中に裏切られていなければ、ですが」

かすかに周囲から失笑が漏れ聞こえる。フキはたちまち、顔から火が出るような心地がした。その上、ボタンは畳みかけるように言う。

「念のために言っておきますが、あなたには言わぬようにわたくしが命じたのです。不安が募ってお腹の子に障りがあってはいけませんからね」

「なんて……性根の悪い……」

「今、なんと？」

「性根が悪いと、言いました」

羞恥《しゅうち》のあまり熱くなった身体が昂《たかぶ》っていくのをフキは感じた。腹の底で、あの火が——拭《ぬぐ》い難い怒りが、抑えようもなく燃え上がっている。

それゆえ、気づいた時には、口を開いていた。振りかぶった刀は、下ろすしかない。

「もしも本当に、わたしやお世継ぎのことを考えてくださるなら、こんなところで見世物のようにお伝えする必要がありまして？」

「……」

「結局、ボタン様はわたしを屈服させたいのでは？　あるいは、恩に着せておいて、わたしを従えたいのかしら。そうすれば、自分のお腹を痛めずとも、次の天子様を手中にできますものね」

昔から、フキはボタンのことが気に食わなかった。御年寄の歌山にくっついていた頃から、大奥を動かしているのは自分だという顔をしていた。その口ぶりにはいつも、自分だけが正しいことをしている、大奥のために尽くしている、という響きがあって、まるでフキはそうではない、と言われているような気がするのだった。

しかし、表情は不愉快そうに歪《ゆが》みながらも、ボタンの口から出てくる言葉はあくまで落ち着いていた。

「天子様を手中に入れるなど、そのような不遜《ふそん》なことは思いつきもしませんでした。お世継ぎのことも、出世の道具とでも思っているのかしら？　もし天子様の母となるおつもりなら、もう少し大奥の行く末について、考えていただけると嬉《うれ》しいのですけれど。おフキさんこそ、きっとご自分が大切で仕方がないのでしょうね」

「なっ――」

また、周囲からかすかな忍び笑いが聞こえてくる。

その瞬間、あらゆる言葉が、怒りに耐えきれず燃え尽きて、真っ白な灰になった気がした。それゆえ、ふと零《こぼ》れた言葉は、果たしてどこから生まれたものなのか。

「あなたに……何が分かるっていうの」

「……」

「御家のために大奥に来て、御家のためにお世継ぎを産んで、何が悪いのです？　わたしは……生きるために、ここにいる。幸せになるために、すべきことをしているだけです」

もう二度と戻りたくない場所。永遠に忘れてしまいたい時間。すなわち、あの母の死に染まった暗い日々を、遥《はる》か過去に追いやりたい。フキを動かす想いは、ただそれだけだった。

「ボタンさん、あなたが上に立っていられるのは、大友家の人間だからでしょう。上で生まれたから、下の生き方がわからない。随分と、良い眺めでしょうね。自分だけいい子のふりをして、わたしたちを見下して。でも、そんなことでは、いつまでたってもお夜伽《よとぎ》には呼ばれないんじゃないかしら？」

言い終わったとき、フキを見つめるボタンの目は、これ以上ないほど冷ややかだった。そして、彼女は吐き捨てるように言ったのだ。

「――それで、ご満足？」

その瞬間、ボタンの顔が歪んで見えたのは、日差しにあてられて茹《ゆだ》った頭のせいか、あるいは、灰となった先でなお燃えあがった怒りのせいか。

フキは勃然《ぼつぜん》と立ち上がると、祭壇を後にする。もはや周囲からのまなざしも気にならない。とにかく、うんざりだった。フキは自分がいなくなった後、奥女中たちの間で交わされる言葉が容易に想像できる。

「おフキ様の御気持ちはわかるけれど……」

「ボタン様には道理があるわ」

「あんなに声を上げなくても」

「……ちょっと、気が立っていらっしゃるのよ」

「そうね、おフキ様は――」

結局、この大奥でも良しとされるのは我慢をした者なのだ。それは裏長屋にいた頃も同じだった。フキがつらい日々に耐えるほどに、周囲は哀れみ、褒めてくれる。だが、結局、誰も手を貸してはくれない。不満を漏らし、怒ったところで、暮らし向きはよくならないだろう。それよりも、強《したた》かに笑って乗り越えた方がしあわせだよ。そんなことを言う者ばかりだった。

「……そんなこと、分かってるのよ……」

フキは部屋に戻る途中、ふと立ち止まる。わずかに怒りが冷めた隙間に、するりと諦念《ていねん》が入り込む。

自分だって、分かっている。分かっているからこそ、ずっと嫋《たお》やかな御中﨟に徹してきたのだ。皮肉に腹を立てず、機知にとんだ言葉を返す。嫉妬《しっと》する者には優しく、嫌ってくる者にこそなお親切に振る舞う。波風を立てることが損だということくらい、分かっているのだ。

しかし、受け流せることにも限度がある。毒を飲ませようとする相手に、腹を立てずにいられるだろうか。その毒が瓶に入っていようと、言葉に含まれていようと、同じではないか。身体を傷付けるか、心を傷付けるか、その違いでしかない。

「――許せない」

ふと、フキの口から言葉が漏れた。それは自分の腹の底から飛び出した火花のようなもの。しかし、あまりの思いがけなさに、自分の声とは信じられないほどだった。

「どうして……どうして……あの子を……」

フキは言いながら、なぜか言葉の意味が分からない。

「あの子……？」

それは、どこから来た言葉なのか。どこから来た怒りなのか。

考えようとした矢先、フキは眩暈《めまい》に襲われる。とっさに、これはまずい、と直感した。一刻も早く、玄琢に診てもらわなければ。あの手、あの目を思い出すと肌が粟立《あわだ》つが、大奥で頼れる医師は他にいない。

それからフキは人を呼ぼうとしたが、声は出なかった。そして、次の瞬間にはもう、よろめく身体を柱に預け、なんとかゆっくりと倒れることしかできない。

気が遠のく中でフキは思った。身重になるとは、なんと難儀なことだろう、と。まるで自分の身体が、見知らぬ何かに変わってしまったような心地がするのだ。

■

その時、天秤《てんびん》が傾き、チリン、と音を立てた。

「捉《とら》えた」

薬売りはやにわに立ち上がり、長局向を睨《にら》む。しかし、動き出す前に坂下が立ちはだかった。ここで薬売りを通せば、二の舞になる。いよいよ、打ち首は逃れられない。

「……ボタン様に言われたことを、忘れてはおるまいな？」

その念押しには、しかし、まるで力がこもっていなかった。実際、坂下の迷いを見透かしたように、薬売りは呟《つぶや》く。

「ひとたび情念に火が付けば、おのずと鎮まることはない。勢いは野火のごとく、燃やし尽くすまで止められぬ」

言わんとすることは坂下にもわかっていた。モノノ怪《け》の恐ろしさも、薬売りでなければ祓《はら》えないことも、承知していた。だからこそ、これまでのように止めようとする覚悟もなかった。

坂下が言葉に詰まると、突然、七つ口の隅に置かれた金網行灯《あんどん》が爆発するような音を立てて燃え上がる。まるで、氷のように澄み切った青い炎だった。それは薬売りのひと睨みによって消え去るが、続けざまに別の行灯から火が上がる。七つ口には奥女中たちの悲鳴が響き、行商人も慌てて品物を片付け始めた。須藤、浅沼は落ち着くようにと声をかけるが、聞く耳を持つ者はいない。なにせ、その隣でなおも青い炎が燃え上がり、激しい音を立てるのだ。こうなれば、坂下も認めざるをえなかった。すでに、事態は広敷番に対処できる段階を超えている。

坂下の胸に、ちらと、二十年前の夜の光景が蘇《よみがえ》った。廊下の奥、泥のような暗闇を隔てて、ぽつりと浮かぶ赤い光があった。提灯《ちょうちん》の明かりに淡く照らされた、あの方のお顔。男が触れてはならぬ、声をかけてはならぬ。それが大奥のしきたりだからと踏み出すことを躊躇《ためら》った、あの夜。

ずっと分からなかった。結局、自分は広敷番としての役目を果たせたと言えるのか。法度に従った挙句に奥女中の命が一つ失われたのだとしたら、それは大奥を守ったと言えるのか。

坂下は袂《たもと》から一つの手ぬぐいを取り出した。それは元々、御中﨟のおスズ様から頂いたものだった。そこには鼠が一匹、草葉の陰に隠れる様子が描かれている。初めは鮮やかだった藍染《あい》も、今となっては随分と褪《あ》せていた。その掠《かす》れた風合いによって、今では鼠が朝霧の中に紛れているような趣になっている。

毎年、墓前に花を供えるたび、どうして自分はこんなにも長いこと、ここを訪れるのかと不思議に思う。どうして色褪せた手ぬぐいを使い続けるのかと。もう二十年も経っている。それでも自分は、この想いを手放せずにいるのだ。

そして、薬売りの顔を見て、こうも思った。これは、この二十年にけりをつけるための、願ってもない好機ではないか、と。

ここで薬売りを大奥に通せば、自分はもはや大奥にはいられなくなるやもしれない。いや、それで済めば御の字。一緒に首切りかもしれない。

だが、それがなんだというのか。

おスズ様は、あの夜、一人で炎に焼かれて命を落としたではないか。此度《こたび》もまた、薬売り一人に背負わせるのならば、まるで自分は変わっていない。それは広敷番であるより先に、人として許されないことのように思えた。

ゆえに、仕方あるまい。

坂下は七つ口の隅から隅まで届くような大音声で、言う。

「ええい！　行けっ！　薬売り！」

薬売りはほんの一瞬、口元に笑みを浮かべ、それから大きく跳躍して坂下の上を飛び越えた。長局向へと繋《つな》がる門を潜り抜け、風のような速さで駆けていく。

「須藤、浅沼、後は任せた！」

承知いたしました、と聞くより先に、坂下もまた薬売りの後を追って走り出す。

大奥に足を踏み入れると、既に辺りは異様な気配に呑《の》まれていた。天井では無数の鼠の足音が響き、廊下の金網行灯は次々と青い炎が爆《は》ぜる。そして、鼻を刺す異臭が——何か肉が焦げる臭いが漂っていた。それは、長局向の奥に進めば進むほど、濃くなっていく。

坂下の先を行く薬売りは、太鼓橋を越えると左に曲がり、まっすぐに一の側へ向かった。どこへ行こうとしているのかはすぐに分かる。フキの部屋から、悲鳴が聞こえたからだ。

「あああああっ！」

意外にも、それは男の声だった。間をおいて、ツユの叫ぶ声が届く。

「玄琢様！」

たどり着いてみれば、事態はすでに混沌《こんとん》としていた。部屋の真ん中で眠るフキは苦《く》悶《もん》の表情を浮かべ、その傍らには、奥医師の玄琢が顔を覆ってもんどりうっている。ツユは青ざめた顔で一人狼狽《ろうばい》していた。

「こりゃあ、いったいどういうことです！」

思わず坂下が叫ぶと、ツユはほとんど泣きそうな声で叫ぶ。

「おフキ様が気を失われたので、玄琢様をお呼びしたのです。そうしたら――」

「目を、目をやられた！」

玄琢がよろめき、壁に身体をぶつけた。すると、壁から数え切れぬほどの青い小さな炎が、どっと飛び出した。部屋に置かれた灯明からも炎の群れが迸《ほとばし》り、鬼火のように部屋の中を飛び回る。離れていても、その熱気に肌がちりちりと焦がされた。

そして、炎は時折玄琢に向かって飛び掛かり、その度に痛々しい悲鳴が上がる。

「熱いっ！　熱いいいいいっ！」

薬売りは、「失礼する！」と叫ぶと、横たわっていたフキの上をぽんと飛び越え、振り向きざま、天井に向かっていくつもの札を投げつけた。札は火鼠たちを捕らえ、くるむと、一瞬にして灰になる。何匹かの火鼠が消えるが、それは吹き荒れる火の粉の一つ一つに砂粒を当てて消そうとするようなもの。現に、火鼠は行灯や壁から次々に新たなものが生まれ、渦巻く群れに合流していく。

「……お前たちの母は、いずこに……！」

薬売りが叫ぶ。すると、突然、

「――許せない」

ぽつりと、懐かしい声が聞こえた。その出所は、目を閉じ、顔を歪《ゆが》めて眠るフキ。

彼女はまるで熱に浮かされたように、口だけが動いていた。

「許せない……！」

再び聞いて、坂下は確信する。間違えようがない。それはフキの声ではなかった。

「おスズ……様？」

ツユが坂下の考えをなぞるように呟いた。すると、部屋中を飛び回っていた火鼠の群れが、ぴたりと動きを止める。そして、再び猛烈な勢いで駆け始めた。炎の奔流となった群れは轟々《ごうごう》と円を描き、部屋の天井には一つの火輪が燦然《さんぜん》と輝く。坂下は汗が額に滲《にじ》んだそばから、その熱気によって乾いていくのを感じた。

「何が、何が起きている！」

叫ぶ玄琢が自分の顔をかきむしる。彼の目玉からは火が噴き、生きながらに燃えていた。その火をがむしゃらに消そうとする手もまた、すでに黒く炭になって崩れている。

「教えていただきたいのは、こちらの方だ！」

群れから外れた火鼠が玄琢に襲い掛かろうとした時、薬売りは札を壁のように展開した。だが、次々襲い掛かる火鼠に、その障壁はたちまち燃やし尽くされる。まるで勢いを止めることができない。

と、その時だった。激しい足音を立てて、ボタンが部屋に飛び込んでくる。

「何事ですか！」

そして、その声に引かれた火鼠が一匹、ボタンに飛び掛かった。坂下はとっさにボタンを押しのけたが、代わりに坂下の右手を鬼火が貫いた。まるで熱した刀で撫《な》で斬られるような痛みが、右手に走る。

「——っ！」

「坂下……！」

ボタンの顔が青ざめるが、坂下は努めて笑顔を見せる。

「なんの、これしき！」

すると不意に、頭上の火鼠が再び動きを止めた。薬売りは短剣を腰帯から抜き取ると、天井に向かって構える。柄《つか》に施された鬼の意匠が、がたがたと震えていた。

「その憤怒《ふんぬ》――すべてを焼き尽くさんとする真《まこと》の在処《ありか》は！」

すると、三度、スズの声が聞こえた。

「どうして……あの子を……！」

坂下はその声音に身がすくむ。ツユは我に返ると、薬売りに向かって叫んだ。

「玄琢様が、おフキ様に薬を飲ませようとしたのです！　すると、モノノ怪《け》が！」

そして、すかさずボタンが部屋の隅を指す。

「あれは……毒の！」

火鼠に気を取られて気づかなかったが、玄琢の足元には長寿が持っていたものと同じ、毒入りの瓶が転がっていた。そして、どうしてこんな単純なことに気づかなかったのかと、坂下は愕然《がくぜん》とする。大奥において、薬に明るいのは奥医師の玄琢のみ。薬に明るいということは、すなわち毒にも明るいということではないか。長寿は大奥の外から毒を持ち込んだのではなく、内で手に入れたのではないか。

「ち、違う！　私は、奥医師に代々伝わる妙薬を」

目が見えないながら、玄琢が言う。すると、火鼠の群れがまた玄琢に向かって飛び掛かった。薬売りは鞘《さや》に入ったままの剣で火鼠を打ち落とすが、そのすべてを捌《さば》くことは間に合わない。玄琢は一つ、また一つと火鼠に噛《か》みつかれ、そのたびに身体が燃えていく。

「真実を話しなさい、玄琢！」

ボタンが叫ぶ。玄琢は不意に身動きを止めると、もはや痛みを堪《こら》えることも諦《あきら》めたかのように、だらりと腕をおろした。そして、火鼠に全身を貫かれながら、呟《つぶや》く。

「いつの時代も、望まれぬ子はいる」

かちり、と薬売りの剣が歯を鳴らした。

「私は、頼まれただけだ。争いの火種は消さねばならぬ。それが奥医師、代々の務め」

「代々の……？」

ボタンの目が見開かれる。坂下は思わず問わずにはいられない。

「おスズ様の子も！　お前がおろしたのか！」

「違う！　皆が望んだ！　おろしたのは大奥だ！　私は、薬を用意したにすぎぬ！」

「貴様ぁっ！」

その時、玄琢をぐるりと囲むように、その足元から火鼠の炎が立った。それは無数の槍《やり》となって玄琢を貫く。見る間に玄琢の四肢は灰となり、崩れていった。

しかし、なんという執念なのか、炎に焼かれながら、玄琢はなおも叫んでいた。

「なぜだ……！　私は務めを果たしてきたのだ！　皆のため、大奥のために、ずっと

「……！」

おそらく、そこに偽りはないのだろう、と坂下は思う。

大奥の定めに従う――それを非難することが、果たして自分にできようか。あの時、おスズ様に声をかけることのできなかった自分が。

しかし、薬売りが告げた言葉に、坂下は胸を衝《つ》かれた。

「それは、お前の真にすぎぬ」

ふと顔を上げた先、天井で渦巻いていたのは、抑えきれぬほどの炎――すなわち、骨の髄まで灰に変える、怒りと悲しみ。

そうだ。見定めるべきは、彼女の真。彼女たちの、真ではないか。

坂下は大きく、大きく息を吸った。火鼠から放たれる火花を吸い込み、胸が焼けるような痛みを覚えながら。そして、吐き出した。

「おスズ様は……お前に、奪われた！　子を、奪われたのだ！」

「真を、得た！」

退魔の剣が歯を打ち鳴らすと同時に、無数の炎が一挙に天井へ駆けあがり、玄塚はそれに刺し貫かれる。すでに崩れかけていたその肉体は、天井に打ち付けられると同時に灰塵《かいじん》となって散った。それから袴《はかま》だけが、かすかな音を立てて床に落ちる。

薬売りは間髪を容《い》れず、札を天井に投げつける。火鼠たちはそれを避けると、すぐさま壁に飛び込んだ。

「……また、逃げるのか？」

坂下が呟くと、まるでそれを嘲笑《あざわら》うかのように、火鼠が壁から飛び出し、別の壁へ逃げ込む。壁から壁へ、天から地へ、火鼠がぱっと煌《きら》めいては姿を消す。

薬売りはそれをじっと見つめ、眉《まゆ》をひそめた。

「お前たちも……知らぬのか。それゆえ——」

その時、薬売りの言葉を遮って、ツユが「あぁっ！」と声を上げる。彼女の視線を追った先には、横たわったままのフキがいた。青い炎が彼女をぐるりと囲んでいる。

「まさか！」

薬売りが振り返った時にはもう、火鼠の群れは飛び上がっていた。坂下もまた呆気《あっけ》にとられ、指一つ動かない。

無数の火は、雨のようにフキに向かって降り注いだ。

「ああああああっ！」

眠ったままのフキが、痛ましい悲鳴を上げた。火鼠は一匹残らずその身体を貫き、大きな青い炎がフキを包む。

「おフキ様っ！」

ツユが悲鳴を上げて飛びつこうとするのを必死に止めながら、坂下は叫んだ。

「薬売り！　どうにかしろ！」

しかし、薬売りは静かにフキを見下ろすばかり。構えていた退魔の剣を、おもむろに腰帯に挿し戻した。

「子は、母を捜している」

薬売りが呟くと、不思議とフキを包んでいた炎が小さくなる。

「母は、子を呼んでいる」

青い炎はやがてフキの身体に吸い込まれるようにして、消えた。部屋は水を打ったように静まり返り、それから突然、鈴の音が——無数の天秤《てんびん》が一斉に傾いた音が、聞こえる。

「モノノ怪が、憑《つ》いた」

薬売りの言葉から、どれほどの沈黙が続いたか。少なくとも坂下は、すぐには意味を呑《の》み込むことができなかった。果たして、モノノ怪に憑かれても、人は無事でいられるのか。フキ、そしてお腹の子は無事でいられるのか。

何より頭が痛いのは、この事態に対し、答えを持つのは薬売りただ一人だということだった。もはや、これは単なる人死にでも、火事でもなくなってしまった。日の本の行く末が、この男の働き如何《いかん》で変わると言っても過言ではない。

その後、最初に動いたのはツユだった。彼女はフキの額に手を当て、

「熱い……」

と呟いた。薬売りもおもむろに膝《ひざ》をつくと、その額に手を伸ばすが、ボタンがそれを制する。

「待ちなさい！　奥女中に触れることは許しません。ましてや、おフキさんは天子様の子をお腹に宿しています。あなたのような輩《やから》に」

薬売りはその話を最後まで聞かず、結局フキの額に指を添えた。そして、ツユに向かって、穏やかな声音で言う。

「案ずるほどのものではない。冷えた布で、汗をぬぐうといい」

ツユは頷《うなず》くと、すぐさま立ち上がって奥の土間へと駆けていく。すると、ボタンはいよいよ怒りを露《あら》わにして、坂下に向かって命じた。

「この男を、捕らえなさい！　坂下！」

坂下はその怒声に込められた切実さに、思わず胸が苦しくなる。ボタンはボタンなりに、崩れかかっている大奥をなんとか保とうとしているのだ。ただ、今ここで薬売

りを止めることは大奥のためにはならないと、坂下は思っていた。ゆえに、大奥を思えばこそ、坂下はボタンの前に膝をつき、頭を床につける。

「そいつは、できません」

「なっ……！」

「どんなに怪しい輩でも、モノノ怪《け》から大奥を守れるのは、こいつだけでございます」

「……だから、無法者を許せと？　大奥の法度は無視しても良いと、広敷番のお前が言いますか」

「――モノノ怪をおフキ殿の身体に留《とど》めたまま、捨て置くことはできない」

二人の会話に、薬売りが割って入る。薬売りはすっと立ち上がると、ボタンを見つめた。

不意に、うぅ、とフキが呻《うめ》き声を上げ、ボタンの表情は曇る。彼女の視線は彷徨《さまよ》い、震え、薬売りをほとんど直視することができていなかった。

坂下は腹に力を籠《こ》めると、精一杯に声を張り上げた。

「ボタン様！　この男を……薬売りを、信じてくだされ！」

「おだまりなさい！」

「七つ口の番を務めてはや三十年、この胸にあるのは、大奥を守ることだけにございいます！　どうか、この古顔の言葉に、何卒《なにとぞ》、耳を傾けてはくださいませんか！」

果たして、その言葉が届いたのか、ボタンは黙り込む。その目には葛藤《かっとう》がありありと見えたが、それでも坂下の訴えをすぐに退けようとはしなかった。

静まり返った部屋の中で、薬売りが淡々と告げる。

「二十年前の御中﨟、おスズ殿が子を奪われた。それが真《まこと》。あとは理《ことわり》が明かされれば、剣を抜き、モノノ怪を祓《はら》うことができる」

かちり、と腰に刺さった剣が歯を鳴らす。

ボタンはじっと坂下を見つめたまま、やがて小さく息を吐いた。そして、それまで固く握りしめていた手を解く。

「……おフキさんと腹の赤子を救いなさい。処罰は保留にします」

「ボタン様！」

坂下は喜びのあまり、声を上げずにはいられない。

薬売りも、どこか驚いたように「ほぅ」と呟《つぶや》いた。口元には、あのいつもの妖《あや》しい笑みがはっきりと浮かんでいる。

「では、大奥の皆様方に、お頼みしたいことが一つ。……鼠を、集めていただきたい」

第三幕

襖《ふすま》を閉めた途端、ボタンは崩れるように座り込んだ。部屋に戻るまでは、と思っていたものが、とうとう堪《こら》えられなくなった。

果たして、自分の判断は正しかったのか。

ボタンの胸の内では、薬売りの処遇をめぐる一連のやり取りが幾度となく反芻《はんすう》されている。確かに、モノノ怪を前にすると自分たちにはなすすべがない。あの男の力を借りなければ、大奥を守ることはできないだろう。しかし、しきたりをないがしろにすれば、大奥が守ってきたものを失うことになる。いずれにしても、守れるものと守れぬものがある。ボタンはいずれを取るべきか迷った挙句に、結局、決断を先延ばしにすることしかできなかった。そして、いまだに迷い続けている。

ボタンはほとんど這《は》うようにして、自分の文机《ふづくえ》の前に向かった。立ち止まっている暇はないのだ。机には、今日中に確認すべき帳簿や巻物が山積みとなっている。大奥でいかなる騒ぎが起きようと、御年寄としての日々の勤めはこなさなければならない。

この立場になってみて初めて、ボタンは歌山の胆力が分かった気がした。顔色一つ変えることなく責務をこなし、判断を下し続けていた彼女を、自分はどれほど侮っていたか。

「――失礼します」

ふと、廊下から声が聞こえ、ボタンは慌てて姿勢を正す。深く息を吐いてから、「どうぞ」と返した。平静を装い、形ばかりに帳面を一つ手に取る。

入ってきたのは御祐筆《ごゆうひつ》のアサだった。彼女は挨拶《あいさつ》もそこそこに、巻物を一つ差し出してくる。

「おフキ様の御産に向けて、入用のものを記しました。ご確認ください」

開いてみると、書面には戌《いぬ》の日の代参に必要な初穂料や御産の際に必要となる白布の数など、細微にわたって書きつけられている。

「誰かに頼まれたの？」

「いえ、昔の帳簿を読んだところ、まとまったものがなかったので。今後のためにも、と思い」

「そう……」

わかってはいたが、やはり優秀な奥女中だとボタンは思う。手ごわいのは、それを少しも鼻にかけないということだった。ボタンはアサと対峙《たいじ》するたびに、歌山を思い出さずにはいられない。彼女もどれほど多くの務めを果たそうと尊大になることはなく、また、へつらうこともなかった。もしも歌山が生きていたら、次の御年寄はアサがふさわしいと考えたかもしれない。

「ボタン様」

「え？」

声をかけられて、自分がまた物思いに沈んでいたことに気付く。ボタンはもはや取り繕う余裕もない。アサのまっすぐなまなざしから逃げるように目を伏せた。

「ごめんなさい、わたくし……」

考えるよりも先に言葉が出たが、ボタンは自分でも何を謝っているのか、誰に謝っているのか、よくわからなかった。突然喉《のど》が締め付けられるような心地がして、それ以上の言葉が出てこない。

すると、アサが言った。

「お手伝い、いたしましょうか。ボタン様が目を通すべき書物の選《え》り分けぐらいであれば、わたしにもできるかと」

彼女の目は文机に溜《た》まった仕事の山に向けられている。ただ、ボタンはその察しの良さよりも、アサがそんな提案をしてくること自体に驚いた。

「……どうして？」

「ボタン様も、歌山様のお務めを手伝っていらっしゃいました。御年寄という大任は、もとより人を使ってこなすものなのでは？」

「……あなたは、わたくしに与《くみ》するつもりはないと思っていたけれど」

「わたしは大奥に必要なことをするだけです。ボタン様も、そうなさってください」

ボタンはアサを今一度まっすぐ見つめ返した。彼女の目に偽りはない。言葉に一つの飾りもないからこそ、ボタンはそれを率直な進言として受け止めるしかなかった。

しかし、情けなさと恥ずかしさに胸が疼《うず》いたのは一瞬のこと。何かが蟠《わだかま》っていた胸に、血が通うような心地がした。あるいはそれを、火が付いた、というのだろうか。

「……アサさん、お願いします。わたくしはおフキさんのところに行かなければならないの」

ボタンはそう言って立ち上がる。そして、部屋を出る時、

「ありがとう」

と告げた。すると、アサは静かに微笑み、深く頭を下げたのだった。

鼠を集める、とはすなわち、鼠柄のものを集める、ということだった。

坂下は須藤や浅沼、他の広敷番の手も借りて、大奥中から鼠をかき集めた。着物、櫛《くし》、扇子、床の間に飾られていた置物や箸《はし》に鉢、果ては茶碗《ちゃわん》まで、ありとあらゆる鼠がフキの部屋に運び込まれる。七つ口にいた筥迫《はこせこ》売りからも、品物をそっくり借りてきた。

「しかし、これが何の役に立つのだ」

運び終わって一息ついたところで坂下は尋ねる。薬売りは壁や天井に札を投げつけながら答えた。

「これは依《よ》り代《しろ》です」

「よりしろ……？」

「モノノ怪《け》には、フキ殿の身体から出て行ってもらわねばなりません。鼠はもとより御産を加護する守り神ゆえに、宿るべき場所がある」

言われてみれば、大奥でこんなに鼠にまつわるものがあるのも、女中たちが出産の縁起を担いでいるからだろう。納得する一方で、坂下は一つ気になることがあった。

「……宿る？　それはつまり、火鼠がこの集めたものに移るということか」

「ええ」

「待て。まさか燃えたりしないだろうな！　わしは、頭を下げて借りてきたのだぞ⁉」

薬売りは微笑を浮かべたまま答えない。坂下が問い詰めようとすると、ちょうど部屋の中にボタンが入ってきた。

「首尾はどうです」

坂下は慌てて頭を下げた。

「鼠柄の品々は運び終えました。そろそろ、塩が届く頃かと」

すると、言った傍から三人娘の足音が聞こえてくる。クメ、トメ、フクが大きな壺《つぼ》を三人で抱え、部屋に入ってきた。

「助かりますね」

薬売りはそう言って片手で軽々と壺を受け取ると、躊躇《ちゅうちょ》なく床に向かって傾ける。

そしてフキの眠る布団を取り囲むように、塩で線を引いた。薬売りは一つ線を閉じると、その外側にもう一回り大きな線を引き始める。おそらく、モノノ怪を閉じ込めるための結界のようなものだろう。

不意に、「うぅ」とフキが呻《うめ》き声を漏らした。彼女はモノノ怪に取り憑《つ》かれて以来眠り続けていたが、その顔には脂汗が浮かび、夢にうなされているかのように見える。

「おフキさんは、無事なの？　お腹の子は……」

不安を覚えたのか、ボタンがぽつりと尋ねると、薬売りは頓着《とんちゃく》のない様子で、

「それは、わからない」

と答えた。

「あ、あなた……！」

ボタンの目の色が変わったところで、坂下は慌てて口を挟む。

「今はまだ、大丈夫なのだろう？　他の者であれば、すでに焼け死んでいるはずだ」

すると、今度はフキの額の汗を拭《ぬぐ》っていたツユが尋ねる。

「しかし、なぜおフキ様だけ無事なのでしょう」

薬売りは、二つ目の結界の始まりと終わりを繋《つな》げて、ようやく塩の壺を置いた。切れ長の目が、結界の中央で眠るボタンを見つめる。

「モノノ怪は、おフキ殿をおスズ殿と間違えて取り憑いたのかもしれない。火鼠は、母を捜している」

薬売りはそう言うとおもむろに札を取り出し、フキに向かって投げつけた。札はフ

キの身体を覆い、その途端書かれた文字が赤く光る。薬売りはフキに向けて手を突き出すと、目を見開いた。

「――ハァァアッ！」

普段の飄々《ひょうひょう》とした振る舞いからは想像もつかない裂帛《れっぱく》の気合が放たれる。

「火鼠よ！　出てこい！」

薬売りの呼びかけに応《こた》えるように、一瞬の静寂を衝いて、かすかに鼠の鳴く声が聞こえた。そして、気づいた時には、幾百もの青い鬼火がフキの身体から迸《ほとばし》る。火鼠の群れは天井に向かうが、その先はすでに札によって塞《ふさ》がれていた。壁に隠れようとする者も、塩の結界によって行く手を阻まれる。

逃げ場をなくした火鼠たちは中空を駆け回ったが、やがて坂下たちが運んできた筥迫や装身具に飛び込み始めた。案の定、火鼠が逃げ込んだものは火をまとい、灰に姿を変えていく。

しかし、坂下はそれを見て嘆く余裕もなかった。火鼠は少しずつ依り代に移っていくものの、収まりきらぬ者は結界にぶつかり、突き破ろうとする。そしてついには、塩の結界が一つ切れた。その途端、坂下は鼻先がじりじりと焼かれるような熱風を感じる。

「少し、甘く見ていたようだ」

薬売りが呟《つぶや》くと、続けて二つ目の結界も破られる。火鼠たちは堰《せき》を切ったように部屋中に溢《あふ》れた。まずい、と思った時には遅い。そのうちの一匹が群れからはぐれ、ボタンへ襲い掛かる。

刹那《せつな》、火の粉が舞った。薬売りが間に入り、飛び込む火鼠に札を叩《たた》きつけたのだ。薬売りは札を放ち、次々と襲い来る火鼠を打ち落とす。まるで小さな花火が咲き乱れるように、部屋中に火の粉が踊った。

そういえば、あの方も花火がお好きだった。

不意に、坂下の胸に押し寄せたのは場違いな思い出だった。誰もいない大広間の縁側で、独り夜空を見つめる姿。わたしがここにいるのは、秘密ですよ。そう言って、おスズ様はいたずらっぽく微笑みかけた——。

「薬売り、見せなさい!」

ボタンの鋭い声音を聞いて、坂下は我に返る。彼女はなかば強引に薬売りの手を取ると、眉《まゆ》をひそめた。

「わたくしを守ったせいで……」

そこには焼け爛《ただ》れた傷跡があった。襲い掛かる火鼠をしのいだ時にできたものだろう。ボタンは廊下に控えていた須藤と浅沼に向かって、「火傷薬《やけど》を！」と命じる。

気づけば、火鼠の姿は消え、部屋は嘘のように静まり返っていた。眠り続けるフキの表情は幾分か和らいだものになっているが、その代わり、火鼠たちが逃げ込んだ品々はすべて燃え尽き、跡形もなくなっている。部屋のいたるところには焦げ跡があり、それははぐれた火鼠たちが逃げ込んだ穴のように見えた。

「終わったのか……？」

坂下がおずおずと尋ねると、薬売りはそっとボタンの手を解《ほど》き、かぶりを振った。

「モノノ怪は、斬らねば止まらぬ」

すると、今度は確かめるようにボタンが言う。

「退魔の剣を、抜かねばならないのですね」

その眼には、もう薬売りに対する敵意は見えない。薬売りは静かに頷《うなず》いた。

「火鼠の理《ことわり》、すなわち大奥を燃やす想いの淵源《えんげん》に至る必要がある」

それを聞いて、坂下はなぜか腹の底がちくりと痛む。とうの昔に呑《の》み込んだはずのものが、とうに消えたと思っていた燃え殻が、今頃になって燻《くすぶ》り始めている。火鼠の理とは、あのお方の想いということ。坂下が今なお忘れえぬ、あの微笑の下に隠されたものではないか。

と、不意に、フキの口から声が漏れた。しかし、坂下には一瞬にして、その声の主が別人であることが分かる。

「おスズ様……？」

そう呟いた時、閉じられたままのフキの双眸《そうぼう》から、つと涙が落ちたのだった。

■

フキは暗闇に、か細い鼠の声を聞いた。

目を凝らしてもその姿は見つからないが、代わりに、ぽつりと小さな灯が浮かんでいる。その他に見えるものはなく、フキは今にも消え入りそうなその光に向かって闇を泳ぐしかなかった。

光に近づくにつれ、鼠の声が大きくなった。しかし、どんなに近づいても、灯心は一向に見えてこない。初めは灯明皿の明かりが風に揺らいでいるのかと思ったが、そうではない。いよいよ手の届くところに来てわかったのは、ただ小さな光が、それだけで輝いているということ。そして、おのずと揺れている。まるで、とても小さな心

「許せない」

の臓が、ささやくような鼓動を打つように。

――ちゅう。

その光が鳴いて、フキは目を覚ました。

「ご気分は？」

背後からかけられた耳なじみのある声に、安堵《あんど》する。フキはいつの間にか脇息《きょうそく》にもたれかかり、うたたねをしていたようだった。ツユはその間に髪をすいてくれていたらしい。慣れた手つきで髪を結い終えると、手鏡を差し出してきた。

「いかがです？」

すると、鏡の中に映る誰かが、応える。

「ありがとう、あの打掛を取ってもらえる？」

「もちろんですとも」

フキが振り返った時、そこにいたのは確かにツユだった。しかし、彼女の目尻《めじり》には皺《しわ》の一つもなく、頬の肉付きの柔らかさも欠いている。つまりは、とても、若い。

フキは手鏡をもう一度見つめた。そこに映っているのは――、

「おスズ様」

ツユに言われて顔を上げると、彼女は部屋に飾られていた打掛を持って立っていた。

白地に朱の縫箔《ぬいはく》で描かれた鼠の親子が、色とりどりの花の下で戯れている。

気づけば、部屋には見慣れぬものが沢山置かれていた。フキは奏でることもできぬ琴や三味線、それから床の間に飾られた白百合《しらゆり》の生け花。

フキはゆっくりと立ち上がり、鼠柄の打掛に腕を通した。すると、ツユは頷いて、

「ほんと、お似合いです。さあ、参りましょう。大広間でお父上がお待ちですよ」

と言った。

部屋を出るとき、もはやこれは夢ではなく、まことの在りし日であると、フキは自然と了解していた。二十年ほど前、ツユがスズという名の御中﨟に付いていたことは聞いたことがある。彼女はあまり多くを語ろうとはしなかったが、その言葉少なさは、かえってツユがスズをどれほど大切に思っているかを示している気がした。それゆえ、フキは自分がスズの過去に迷い込んでいることに、どこか親しみすら感じる。

廊下から見た中庭の眺めは、フキも良く知る光景だった。静かな池と、青空に向かって屹立《きつりつ》する三角鳥居。炎天に照り映える水面が眩《まぶ》しかった。しかし、あまりの変わらなさに、フキは妙な気分にもなる。おそらくは百五十年前から、この光景はあったのだろう。その間、誰が天子様を産もうとも変わらなかった。大奥とはそういうものだと、突き付けられるような心地がする。

それから、フキはツユに先導され、大広間へと向かった。その途中、赤子を抱いた一人の女性とすれ違ったが、しばらくして、それが若き水光院だと気づく。当然、抱かれている赤子は天子様ということになる。

「おスズ様も、立派なお世継ぎをお産みになりますよ」

ツユが何を思ったか、励ますように言う。すると、フキの口が勝手に動き、

「まだ男の子と決まったわけではないでしょう」

と笑った。

「いいえ、わかります。きっとです」

そう言ってツユが浮かべた笑みは、フキにもよく見覚えがある。

それから、見覚えのある顔がもう一つ。大広間の前までやってくると、男が一人、柱に縛り付けられていた。目には痣《あざ》があり、唇も切れて血が垂れている。青髭《ひげ》がないせいか、一見すると別人のように見えるのだが、人の良さそうな目元はやはり変わらない。それは、七つ口で広敷番を務める坂下だった。フキは近頃会うこともなくなっていたが、新人として大奥にやってきた頃には、何かと気にかけてもらった。そもそも、奥女中でありながら一度も坂下の面倒になったことがない者などいないだろう。

いずれにせよ、普段は闖入《ちんにゅう》者を縛り上げるはずの坂下が、こうして縛られているの

は一体どういうわけか。気になっていたところ、折よくツユが口を開く。

「放っておいてください、おスズ様。この人は商人と喧嘩《けんか》した罰で、ここにいるんです。血の気の多い男なんですから」

「そりゃあ、誤解でさあ！　あの油売りがお女中の方々に色目を使うから、追い出したまで！」

口を尖《とが》らせる坂下に、ツユはぴしゃりと言い返す。

「やり方というものがあるでしょう。あなたは広敷番、大奥の顔じゃありませんか」

「そりゃあ……そうですが……」

気の強いツユも、不満げな坂下も、今の二人から想像できない姿だった。フキは思わず笑ってしまいそうになる。

スズもまた、坂下の青さに惹《ひ》かれるものがあったのかもしれない。ふと坂下の前に膝《ひざ》をつくと、袂《たもと》から手ぬぐいを取り出していた。

「お顔を上げてちょうだい」

おスズ様、とツユが制止するのもかまわず、坂下の口から垂れた血を拭《ぬぐ》う。そして、そのまま手ぬぐいを握らせた。

「お身体は大事になさって」

坂下はぽかんと口を開けたまま、返す言葉も見つからないようだった。フキは、この身体の持ち主はなんて罪作りなのか、と思う。坂下はきっと、生涯このことを忘れられないのではないか。

ツユに促され、フキは大広間に入った。そこでは父が――スズの父が、独り待っている。肩をすぼめ、どこか落ち着きのない様子は、意外なほどフキの父に似ていた。

「お待たせいたしました。お父様。今日はどのようなお話で？」

「あぁ、スズ……」

「どうか、なされました？」

すぐには話を切り出さないところも似ている。しかし、あくまでスズは静かに言葉を待っていた。

やがて、スズの父は一つ深い溜《た》め息《いき》を吐く。

「今や……我々西条《さいじょう》家は、食うに困らぬ身分となった。一介の酒屋であったわしが、御城にお勤めできるようになったのも、すべてはお前が天子様のご寵愛《ちょうあい》を受けているからだ」

やはり、とフキは思う。貧しい出自、天子様の寵愛、子を宿したこと――わたしたちは、本当によく似ている。

得心が行くと同時に、フキは何か嫌な予感を覚えた。この時のスズの気持ちは容易に想像がつく。父がこのような伏し目がちな顔をした時には、大抵、いい話を聞かないからだ。

スズの父は続ける。

「されど……そもそもお前が大奥に入れたのは、老中大友様のご紹介があったからだ」

「ええ、もちろん、大友様のご恩を忘れたことなどございません」

「ならば」

「……ならば？」

スズの父が口ごもる。それから、実に哀れがましい声で言った。

「大友様は……争いの火種を、お望みではない……」

「はあ」

「大奥を正しく、美しく……守らねば」

「……」

「スズ……お前の子は、望まれておらぬのだ」

あぁ、とその時胸に広がったものは、果たして自分の想いか、彼女の想いか。意外なほどに驚かなかったのは、既に自分が毒を盛られ、望まれぬ母親であると感じていたからか。スズもまた、意外なほど落ち着いた声で、言った。

「大友様が、子をおろせと」

すると、スズの父は慌ててかぶりを振る。

「大友様は、決してそのようなことはおっしゃらない……！　ゆえに、家臣である我々自ら、火種を消さねばならんのだ……」

それから、スズの父は小瓶を一つ取り出した。

また、だ。

また、見覚えがある。それは間違いなく、ボタンが祭壇の前で見せてきた、毒が入っていたという瓶だった。

フキは思った。大奥は百五十年もの間、変わらなかったのではない。変わることが許されなかったのではないか。どんな兆しも、丁寧に、抜かりなく、摘み取られてきたのではないか。

いや、それも初めから、心のどこかでは分かっていたことかもしれない。

結局、自分も我が子も許されていない。選ばれた者が天子様を産み、選ばれた御家だけが、日の本で一番の家柄になる。

そう。それが、大奥――……

フキが――スズが――小瓶に手を伸ばした時、打掛の袖《そで》から鼠が一匹飛び出した。

あっ、と思った時には、スズの父は消え去り、大広間も消え去り、ただのっぺりとした闇が広がっている。

そして、ふと目が覚めた。

自分の顔を覗《のぞ》き込むツユの顔には柔らかな皺《しわ》が刻まれ、少し離れたところにいた坂下の顔には髭があって、フキはそのことに安堵《あんど》する。そして、スズがかつていた場所に自分がいるということの意味を考えて、無性にさみしさを覚えた。

ここにスズはいない。あの時、スズは薬を飲まされたのだろう。それゆえ、スズの子は生まれなかった。実際、天子様に弟も妹もいない。

つまり、変わらなかったのだ。

二十年前、大奥は確かに――正しく、美しく――守られたのだろう。

■

「父上、お話が」

今日も将棋の相手に呼ばれ、老中部屋へと向かっていた道すがら、良路は三郎丸に声をかけられた。わざわざひと気のない廊下で待ち構えていたらしい。隠し切れぬ険しい表情もあいまって、どうにも身構えてしまう。

「……どうした」

「平基《ひらもと》から聞いたのですが……」

平基とは三郎丸の友人だった。生まれは名家にもかかわらず、三郎丸によくしてくれている。人好きな性格ゆえか、表立たない話にもよく通じていて、三郎丸がその名前を出すということは、おおよそ確かなことだ、という前置きに他ならない。

しかし、その割に三郎丸は歯切れが悪く、

「姉上に、妙な噂が」

と声を低めた。

「……子供のことが、騒ぎになっているのか」

「いえ、それが……大奥の御年寄にしてほしいと、姉上が天子様に推挙を求めた文が見つかったと」

「それは！」

「はい、御中﨟が天子様に内密のはからいを求めるのは、ご法度《はっと》です」

「……フキが、まさか……ただの噂なのだろう……？」

「私も、姉上がそのようなことをするとは思いません。しかし、大奥は火がなくとも、煙の立つところです」

そう語る三郎丸の表情は暗い。先月の大奥の視察以来、その目には時折どうにも底知れぬ影が垣間見《かいまみ》えることがあった。こういう時、どのような言葉をかけてやればよいのか、良路はいつも分からない。

三郎丸はますます真剣な表情で見つめてきた。

「どうすることもできぬのでしょうか」

「わしには……わからぬ」

「父上……！」

「娘の身は、わしとて案じておる……だが、フキも言っていただろう。もしもお世継ぎを産むことができれば……本当に、あの子は幸せになれるかもしれん……」

「しかし！　それでは結局、姉上に頼るだけではありませんか！　姉上は……ずっと我らのために尽くしてくださった。母上の代わりに私を育て、ひとりで時田家を旗本にしたのですよ！」

「だからこそではないか……！　お世継ぎの母になれば、たとえ天子様のご寵愛《ちょうあい》がなくとも生きてゆける。時田家を背負う必要もなくなる……！」

「では……このまま、指を咥《くわ》えて見ていろと？」

「……」

「父上は、戦いを恐れているだけではありませんか……！」

がらんとした廊下に、抑えのきかなくなった三郎丸の声はよく響いた。三郎丸はすぐに顔色を変え、

「……お許しを、言葉が過ぎました」

と頭を下げる。しかし、良路はもとより腹など立ちはしなかった。むしろ、謝られたことで一層のこと、情けなさが募る。

「その通りだ、三郎丸……わしは呉服屋だ……戦なぞ、似つかわしくない……」

すると、不意に良路は三郎丸に肩を摑《つか》まれた。三郎丸がそんなことをするのは初めてで、息子の手はこんなに大きく、力強くなったのかと、良路はどこか胸を打たれる。

三郎丸は、まるで今にも泣きだしそうな顔で言った。

「されど……父上は、姉上にとってこの世でたった一人の、親ではございませんか……

……！」

■

果たしてフキの身体からモノノ怪《け》を追いだす儀は上手《うま》くいったのか、ボタンには結局分からなかった。フキは目を覚ましたものの、疲れからか、すぐにまた眠りに落ちた。火鼠の群れは大奥に逃げたまま息を潜めているという。薬売りはそれを捜すといって姿を消した。いずれにせよ、あの男に頼らざるを得ないことはボタンも承知していたが、それでも自分にできることはないのか、もどかしい想いは残った。

ボタンが部屋に戻ったとき、既にアサの姿はなかった。机には選別の終わった書物に加え、諸大名から届く陳情を書き写した帳面が置かれていた。その上、木の芽味噌《みそ》を薄く塗ったおにぎりが、書置きと共に置かれていたのだ。香ばしい匂いを嗅《か》いだ途端、思い出したように腹が減る。気づけば夕餉《ゆうげ》の時間も過ぎていた。今から部屋の女中に作らせるのも忍びなく、ボタンはありがたくアサのおにぎりを食べることにした。

腹ごしらえを終え、改めて自分の勤めに取り掛かろうかとした頃、ふと廊下から忍び声が聞こえた。

「マツにございます。ボタン様、お話が」

「お入りになって」

　ボタンが答えると、マツがたった一人で現れる。御中﨟がこんな夜更けに出歩くことは褒められたことではない。しかし、お付の女中もおらず、どうも内密の話であることはすぐに窺《うかが》いしれた。

「あら、お勤めの最中でしたか、ごめんなさい」

　マツは文机《ふづくえ》に目を落としてそう言ったが、声音にはさして申し訳なさそうな響きもなかった。彼女はボタンの向かいに腰を下ろすと部屋をぐるりと見まわし、隅に置かれた行灯《あんどん》に目を留める。

「夜更かしなさるようになったのですね。……初めてお会いした際は、夜の明かりを随分嫌っていらっしゃったでしょう」

　そういえば、とボタンは少し虚を衝《つ》かれる。大奥に初めてやってきた頃、ボタンとマツは同じ御中﨟の部屋子として大奥で暮らしていた。確かに当時は火を避けていたのだ。正確に言えば、火をできる限り控えることが当然と思っていた。というのも、大友家の屋敷では、どんなに暗くとも夜の明かりを付けてはならない、という決まりがあったからだ。

　それをいつから気に留めなくなったのか、ボタンには思い出すことができない。

ボタンが黙っていると、マツは独りでに納得して、

「ボタン様は、随分と変わられて」

と呟《つぶや》いた。

その言い方は妙にひっかかったが、ボタンが尋ねるより先に、マツは袂《たもと》から折りたたまれた書状を取り出す。

ボタンは促されるまま目を通し、そして読み終わるや否や、尋ねた。

「これを、どこで」

「夜伽《よとぎ》の間に。掃除をしていた者が見つけたと」

「そんなわけがありますか。今更、天子様への文など」

マツから渡された書状には、御年寄への推挙を請う言葉が書き連ねられていた。送り主の名前はないが、このところ夜伽に呼ばれているのはフキただ一人。それが意味するところは明らかだった。

「……ボタン様はおっしゃっていましたね。夜伽でのおねだりや文は、ご法度だと」

「あの時はそう言いましたが」

これは、あまりにも怪しい話ではないか。確かにフキは大奥のしきたりに反感を持っている。御年寄として選ばれなかったことに、不満を抱いていないはずはない。た

だ、それでもこんな明らかな掟破《おきて》りをするとは、ボタンには思えなかった。

「ずいぶん、おフキさんの肩をお持ちになるのですね。ボタン様もお優しくなって」

マツはそう言って、薄い笑みを口元に浮かべた。そこに込めた侮蔑《ぶべつ》を、もはや隠そうともしていない。

ボタンが返す言葉も自然と角が立つ。

「大奥を取り仕切るのは、御年寄のわたくしです。あなたに、誰かを裁くお役目はありません」

しかし、マツは気を害した様子もなく、かえって笑みをはっきりと浮かべた。

「わたくしは老中大友様のお気持ちを汲《く》んだまで。勘違いなさっているのは、ボタン様の方ではなくって？」

「……え？」

「大奥のためを思うのならば、何を守るべきか、ということです」

マツは立ち上がると、ボタンを見下ろし、言った。

「わたくしの御用はこれだけです。おフキさんの処遇はお任せいたします。――御年寄の、ボタン様」

部屋を出ていくマツを、ボタンは呼び止めることはできなかった。

老中大友様のお気持ち。

その言葉が、頭の中で残響していた。というのも、幼い頃、ボタンは母から金科玉条のごとく言われたからだ。

お父様のお気持ちを考えなさい、と。

とりわけ、よく叱られたのは火の扱いのことだった。大友家の屋敷では、夜の明かりはもちろん、昼の火鉢もよほど寒さが厳しくなければ許されず、竈《かまど》の火は食事の支度が済むとすぐに消された。ボタンは一度、どうしても読本の続きが気になって、こっそりと灯明皿を用意して夜に読もうとしたことがあった。豆皿と油を台所から持ってきて、布の切れ端は布団の端を自分で裂いた。種火は昼間に竈の熾《おき》を縁の下に埋めておいたのだ。用意は周到だった。

しかし、実行する段になって、偶々《たまたま》部屋にやってきた母に見つかってしまった。そして、ほとんど勘当されるのではないかというほどの剣幕で怒られたのだった。

「……お父様のお気持ちを考えなさい」

その時もやはり、母は言ったのだ。

「お父様は大火事のことで心を痛めてらっしゃるの。わたしたちの御屋敷が火元だったと噂する者までいるのですよ」

それは市中のほとんどを灰へと変えた大火のことだった。ボタンが当時住んでいた上屋敷も火の手を逃れることはできず、その後半年ほどは街外れの下屋敷を仮住まいとした。母が火の扱いに厳しくなったのは、おそらくその頃からだろう。

実際、父が火事を防ぐために心を砕いていたことは間違いない。大火の後、延焼を防ぐために広小路《ひろこうじ》を各地に設けさせ、燃えにくい土蔵や瓦葺《かわらぶ》きの家を推奨した。ついには、年に一度の川開きの花火まで禁止したのだ。

「でも……明かりがなければ、夜は何もできません」

ボタンが口答えをすると、母は小さくかぶりを振った。

「やるべきことは、全て昼に済ませなさい。お父様も、それをお望みです」

果たして、父が本当に望んでいるのか、ボタンは直接尋ねたことはない。なにより、そんな当たり前のことを聞くのかと、失望されたくなかったのだ。

しかし、自分は父親とどれほど話をしてきただろうか、と今になってボタンは考えてしまう。父は手習いを褒めたり、将棋の相手に呼んでくれたりすることはあったが、ボタンから声をかけたことがあったのかどうか。夜に明かりをつけてよいか、なんて、そんな他愛もないことすら話さずにきてしまったのだ。

ボタンはマツから渡された書状に改めて目を落とした。

そこには「自分」が御年寄にふさわしい、と述べると同時に、ボタンはふさわしくない、というような内容がつらつらと書かれている。本当ならば腹を立てても良いような、随分な言われようだった。しかし、どうしてか、ボタンはやはりそれをフキのものと思えない。

理由は自分でもよく分からなかった。ただ、あの人にこんな小賢《こざか》しいことができるものか、と思うのだ。できるのなら、大広間で老中や水光院を前に不平を言い立てたり、祭壇で他の奥女中たちを前にして激高したりはしないだろう。結局、自分が嫌いな、あのフキならば、きっとこんなことはしないだろう、とどこかで彼女を信じているのかもしれない。

問題があるとすれば、これをマツがわざわざ持ってきたということ。

そして、それが父の望みかどうか、ということだった。

こうなれば、することは一つだった。

明日、父と話をしよう。

■

その晩、火鼠が現れることはなかった。

平穏な夜に越したことはないのだが、かといって広敷番が呑気《のんき》に眠っているわけにもいかない。火之番と手分けをして、空が白むまで見張りを行った。七つ口を開門する頃には、須藤も浅沼も欠伸《あくび》が止まらないようだった。

坂下は門が開かれると、七つ口の前の井戸で水を汲み、手ぬぐいを浸した。夏でも刺すような冷たさの水だ。濡《ぬ》れた手ぬぐいで顔を拭《ぬぐ》うと、幾分か清々とする。

屋内に戻ると、いつの間にか薬売りがお決まりの場所に腰を下ろしていた。その表情は険しく、手の上に載せた天秤《てんびん》から片時も視線を外そうとしない。

「見つからんか」

坂下が声をかけても、薬売りは答えなかった。もとより坂下も期待はしていない。ただ、一晩中胸の内に居座っていた問いを零《こぼ》さずにはいられなかった。

「……斬るほかに、ないのか」

「……」

「おスズ様の恨みはわかる。だが、関係のないものまで巻き込もうとは、思っていないはずだ。おスズ様が、大奥すべてを恨んでいるとは、どうしても思えん。斬らずとも、事を収める方法が――」

「あれは、劫火《ごうか》だ」

薬売りは天秤を見つめたまま、そう呟《つぶや》いた。

「モノノ怪《け》と混じりし情念は、止まらぬ。止まるほどの想いであれば、もとより彼方《かなた》から出てくることはない」

「……それには何か、所以《ゆえん》が……」

「然《しか》り。そこに、理《ことわり》がある」

気づけば、薬売りは顔を上げ、坂下の方をじっと見つめている。坂下はそのまなざしを正面から受け止めることができず、逃げるように目を伏せた。

「わしは、ただ……」

認めたくなかったのだ。あの方が化け物となるほどの想いを抱いていたということを。もしも大奥を燃やし尽くすほどの怒りがあるのだとしたら、誰より苦しいのは、おスズ様ではないか。命を落とす前も、そして後も、結局自分は何をすることもできないのか。

不意に、かちり、と薬売りの剣が歯を鳴らす。

「想うことはできる」

坂下が顔を上げた時には、薬売りはすでに天秤に目を落としていた。もはや坂下への関心が消え去り、ちらりと振り向くこともない。まるで、風のような男だと、坂下は思った。追いかけてもそのしっぽすら捕まえられぬのに、不意を衝《つ》いて背中を押してくる。それも、優しさからではないのだ。だから心地いい。

「……そうだな」

坂下はそう呟いて、背筋を伸ばす。七つ口を改めて眺め渡すと、ちょうど向こうから人影が一つ近づいてきた。

「時田様、今日はお一人でしたか」

声をかけると、良路は小さく首を縦に振る。それから、気づかわしげに周囲に目をやり、

「フキと話をする約束をしている」

と言った。

「ええ、書状は届いておりますよ。大広間でお待ちくだされ。手形の方は――」

坂下が言い終える前に、良路は通行手形を取り出すと、そのまま押し付けるように坂下に渡してくる。その表情は曇っていて、何かの懸案に頭がいっぱいになっている様子だった。

「時田様？」

坂下が声をかけても、やはり耳に届いていない。良路は険しい表情のまま、大広間へと繋《つな》がる門をくぐっていく。

その時、薬売りの腰に挿された短剣が、突然震え始めた。柄《つか》飾りの鬼面がしきりに目を動かし、何かを探そうとしている。

「理が、近い」

薬売りはおもむろに立ち上がり、大奥の方へ足を向けた。今や、立ち入りを邪魔立てる者はいない。薬売りは、からん、ころんと下駄を鳴らして大奥の方へ歩いていく。

その背中をぼんやり眺めていると、不意に、門番をしていた浅沼がやってきて、おずおずと坂下の手元を指した。

「それは……時田様にお返ししなくてもよろしいのでしょうか」

「ん？　ああっ！」

言われてようやく、坂下は自分が通行手形を持ったままだということに気が付いた。大奥を男が歩く場合、この手形なしには許されない。このままでは、良路が法度を破ることになる。

坂下は七つ口を浅沼たちに任せ、大広間へと駆けだした。そしてすぐ、廊下に漂う異臭に気付く。腐った肉が焼けるような、鼻を衝く酸と煙の溶け合った臭い。

自分はこれを知っている、と坂下は思った。

忘れようもない。十年ほど前、城下町を呑《の》み込んだ大火事の翌朝、焼け落ちた街を歩き回った。その時、鼻に染みついた言いようもない臭い。

これは人の焼ける臭いではないか。

それと同時に周囲から聞こえ始める、鼠の鳴き声や足音。

もはや薬売りでなくともわかる。

モノノ怪が、動き出したのだ。

■

フキは明け方に目を覚ました。しばらくは頭に靄《もや》がかかったようで、身体を起こすこともできない。夢で見た光景が、泥のように全身にまとわりついているような気がした。フキは横になったまま、部屋全体が朝日を吸ってうっすらと輝くさまを眺めた。

しばらくするとツユがやってきて、フキが目を覚ましたことに涙を流して喜ぶ。何を大げさな、と苦笑しつつも、そこでフキはようやく気づいた。壁のそこここに花火でも打ち上げたような焦げ跡がある。

「何があったの」
尋ねても、ツユは中々答えようとしなかった。そのようなお話はお身体に障ります
と言って、口を真一文字に結んでしまう。
「モノノ怪なのでしょう」
フキがしびれを切らしてそう言った時、ツユは実にわかりやすく狼狽《うろた》えた。そして
観念したのか、全てを白状する。
一部始終を聞きながら、フキは何の驚きも覚えなかった。既に長寿の件がある。む
しろ意外だったのは、玄琢がわざわざ出向いたということだった。もしかすると、長
寿の尻拭《しりぬぐ》いをするために、自分の手を汚さなければならなかったのではないか。ツユ
によれば、代々奥医師は毒によって望まれぬ子の始末をしていたという。フキがスズ
の夢で見た瓶も、出所は同じなのだろう。
「本当に、変わらないのね」
どうしようもなく身体が重く思われて、フキは目を閉じた。百五十年と保たれてき
た、大奥のあるべきかたち。どれほどの母と子がそれに潰《つぶ》され、引き裂かれたのか。
しかし、フキも今やわかり始めていた。この腕二つで払いのけるには、それは重すぎ
る、と。

「おフキ様」

こちらを見つめるツユの表情はいつになく真剣だった。ただ、それでいて彼女は今にも泣き出しそうにも見える。

「以前、わたくしはおスズ様のお世話をしておりました。もう、随分と昔のことになってしまいましたが……一つ、今でも忘れられぬものがあります」

ツユはそう言って、一瞬、息を継ぐ。それから、フキが口を挟む前に、再び話し始めた。

「それは、おスズ様が火事でお亡くなりになった日のお姿です。子を失い、魂も抜け落ちた、おスズ様のお顔にございます。……今のおフキ様は、同じ顔をしていらっしゃいます」

「……何を、言っているの？」

フキが逃げるように薄ら笑いを浮かべると、ツユが傍ににじり寄る。

「見えずとも、いるのです。いなかったことになど、誰にもできませぬ」

「……そうね」

フキは微笑みを返しながら、しかし、それ以上は何も言うことができなかった。いるからといって、産むことができるわけではない。それを決めるのは、大奥ではないか。そして、自分が奥女中である限り、大奥には従わなければならない。

フキが黙っていると、ツユが顔を曇らせる。彼女はなおも口を開きかけるが、そこにちょうど下女の声がかかった。

「おフキ様、お父上がいらっしゃいました」

面会の支度が始まると、下女たちが部屋を出入りするようになる。もはやツユと腰を据えて向かい合う暇はなく、結局、会話は立ち消えとなった。

フキは部屋を出て大広間に向かう途中、水光院とすれ違った。それはもちろん偶然に過ぎないが、二十年前の光景と重なったのも事実。フキは心のどこかで、やはり、と思う。

大奥は変わらない。変えてはならない。

そう言われているような気がするのだった。

その上、大広間の前で坂下と出くわした時には、思わず笑ってしまう。

「おフキ様！　お身体は大丈夫でしたか！」

確かに、二十年という年月は経っていた。ちらほらと見え隠れする白髪も、少しくたびれた裃《かみしも》も、あるいは少し丸みを帯びた頬も、坂下が広敷番で過ごしてきた時間を思わせる。こんなにも人は変わるのに、この世は変わらない。それは実に奇妙なことに思えた。

坂下とツユを廊下に置いて、フキは大広間に入った。父は部屋の真ん中で独り座し、うつむいている。近づくと、あたりに漂う畳の青い匂いが鼻についた。

「ごきげんよう、お父様」

フキが目の前に座って初めて、父は娘が来たことに気が付いたようだった。その顔は青ざめ、唇は白い。夢で見たスズの父も、このような顔をしていたかもしれない。

「なにか、お話が？」

「……ああ」

父は頷《うなず》いたが、それから何度も唇を舐《な》めては息を整える。

「お父様？」

もう一度促してようやく、ほとんど掠《かす》れるような声で言った。

「老中大友様が……お呼びだ」

それが単なる呼び出しであれば、父もそこまで躊躇《ためら》うことはなかっただろう。それゆえ、フキにもその意味は察するに余りある。

「子を、おろせと」

父はうつむいたまま答えない。しかし、その代わり、こう言ったのだ。

「明日……懐妊の祝いが届くように手配した」

「……え」

それは今の状況にあまりに似つかわしくない言葉で、皮肉にも、冗談にも思えなかった。フキは単純に頭がついていかない。実際、父が続けた話は輪をかけて奇妙なものだった。

「……祝いは大きな衣装櫃《びつ》に入れて運ばせるが、櫃は持ち帰ることになっている。少し息苦しいだろうが、足を折り曲げれば入れるはずだ……あ、いや、心配することはない！　祝いの品の献上は三郎丸が帯同すると——」

「お、お待ちください！　それは……わたしに、ここから抜け出せと？」

「……」

「そんな……」

あまりに突拍子もない提案に、フキは言葉が見つからない。ただ、父があくまで真面目に話しているということは、顔を見れば分かった。

「無謀です！　見つかれば、それこそ時田家はお取り潰し。皆、死罪なのですよ？　たとえ無事に大奥から出たとしても、もはやわたしたちに居場所はありません。お尋ね者となって、ほうぼうを逃げ回ることになりましょう！」

「そ、それは……」

「本当に、わかっていらっしゃるのですか⁉」

「……」

「確かに、このままわたしがお世継ぎを産むことは難しいかもしれません。しかし、そんな危険を冒してまで、どうして……」

するとと、不意に父の口から、ひときわ大きな嘆息が漏れた。

「フキよ……遅かれ早かれ、時田家はお取り潰しなのだ。このままでは、お前の命も危うい」

「……どういうことです」

それからフキは夜伽《よとぎ》の間で見つかったという文の話を聞かされた。確かに、もしもそれが本当なら、死罪は免れないだろう。しかし、フキにはその噂が信じられない。

「お世継ぎを諦《あきら》めるだけでは、足りないと？　時田家の取り潰しまで望む者が、大奥にいるというのですか？」

「そうでなければ……噂なぞ立つはずもない」

「しかし、わたしはただ、お勤めに励んできただけ……！」

「も、もちろん、お前が悪いのではない。それは、わかっておる。……ただ、この世にはどれほど望んだとて、変えられぬものがあるのだ……。人には、それぞれふさわしい場所があり、そこから外れることはできぬ……」

「しかし……大奥は……！」

そうではない、とは、もはやフキも信じていなかった。ただ、人に言われて初めて、自分はまだ諦めがついていなかったのだと気づく。心のどこかでは、大奥の正しさというものを信じていたのかもしれない。たとえ風前の灯火《ともしび》だとしても、かすかな望みがそこにあるのではないかと。

しかし、それも良路から投げかけられた質問に、跡形なく吹き消された。

「……お前がそこまで苦しんでいながら、天子様は助けてくださらぬのだろう？」

「……！」

「大奥とは……そういうものではないか。確かに、上に行くことはできる。しかし、歩が王将になることはできない」

「それは」

ずっと分かっていたことだ。自分が寵愛《ちょうあい》を受けたのは、天子様が自分との子を欲しかったからではない。単純に、この身体を欲したからではないか。そこにまことの愛などあるはずもない。

だが、それを責めることができようか。自分は自分で天子様を愛していたわけではない。大奥とは寝床であり、天子様は種馬にすぎぬと、そう思ってきた。

今となっては、本当に子が欲しかったのかもよく分からなかった。母になりたかったのかも、分からない。すべてが空しく、もはや何かに身を任せてしまいたかった。

フキは思う。果たして、スズはあの時、こんなことを思っていたのだろうか、と。

あるいは、この百五十年、変わることの許されなかった、すべての者たちは。

「……参りましょう」

フキはそう言って立ち上がると、不意に、ぼっ、と音を立てて、部屋の隅に置かれていた行灯《あんどん》が燃え上がった。

■

大奥は既に異様な気配に呑《の》まれていた。ボタンが老中部屋へと向かう道中、まるで誘《いざな》うように廊下の行灯に火が灯《とも》っていく。その上、いたるところに置かれた薬売りの天秤《てんびん》が、チリン、チリン、としきりに鈴の音を響かせた。ボタンはすれ違う女中たちに部屋へ戻るように指示を出しつつも、先を急ぐ。

やがて、父の待つ部屋の前までたどり着くと、ボタンは一瞬息を整えた。それから意を決して襖《ふすま》を開く。

「待っておったぞ」

父は将棋盤に駒を並べているところだった。ボタンは会釈を返しつつも、その後ろに控える先客に気を引かれる。良路とフキ、老中勝沼とマツ、二組の親子が控えていた。

「……お父様、こちらの方々は？」

「偶々《たまたま》、居合わせたのだ……ちょうどよい、お前も……時田の娘について話があるんだろう」

内密のお話が、という言付けをしておいたはずだが、仕方ない。もはやここまで来て、日を改めるわけにもいかなかった。しかし、ボタンがさっそく話を切り出そうとすると、父は手招きをする。

「久しぶりに、相手をしてくれるか」

その目に、ボタンはぞくりとする。形こそ質問だが、その声音からは相手が拒むことなど端《はな》から考えていないことが分かった。ボタンがおとなしく対面に腰を下ろすと、父はにたりと笑う。

「懐かしいな。お前が先手でいいぞ」

ボタンは気を呑まれまいと、一手目を指すと同時に、口を開いた。

「先日、文が見つかったのです。天子様に、次の御年寄のご推挙を願う文でございました」

「あぁ……勝沼から聞いたぞ。法度を破った者がいると」

「ご存じでしたか」

「最近、夜伽に呼ばれていたのは……時田の娘だけだそうだな」

パチン、と音を立てて父が指す。背後で時田親子の顔が曇り、勝沼親子の顔が輝くのが見えた。

ボタンは改めて父を見据え、次の手を指す。

「これは、罠《わな》でございます」

「ほぅ……罠、とは」

「おフキさんを陥れるための嘘ではないかと」

「――大友様、お言葉ですが」

老中勝沼が割って入ろうとするが、父は振り返りもせず、「黙れ」と返す。それから、ゆったりとした手つきで駒を動かした。

「なぜ、そう思う」

「おフキさんが、稚児《ややこ》をお腹に宿したからです。奥医師の玄琢は、毒をもって子をおろそうとし、先に死んだ御伽坊主も同様の企てをしておりました。此度《こたび》の噂も、おそらくは……」

「よいではないか！」

「……よい、とは」

「何も問題などなかろう、と言っておる」

「お世継ぎとなるかもしれぬ子が、殺されかけたのですよ？」

「お世継ぎ？　それは、もとより、ありえんのぉ」

「しかし」

「ありえん！」

ばちん、と激しい音を立てて父が一手を指す。それでいて、駒の並びにはまるで乱れがない。ボタンはそれを見て思い出した。昔から、父は感情が昂《たかぶ》れば昂るほどに、迷いが消える人だった、と。一人の人間が、一本の刀のように、研ぎ澄まされていくのだ。そして、それに面した相手は、切っ先を喉《のど》に突き付けられるような心地になる。

「代々、天子様を産む娘は老中の家柄と決まっておる。力を持たぬ家では、強欲な大名どもに利用され、国が乱れるからだ」

「しかし、お父様はいつも、お世継ぎを守れと！」

「国を守るためにこそ、世継ぎを守るのだ！　時田家の子が世継ぎともなれば、かえって日の本を揺るがす火種となる。……これは消すのが、道理！」

「……！」

「そういう大局を見通せる者こそ、大奥には必要なのだ。国のことを想い、率先して動ける者がな……」

背後で、勝沼親子が今にも高笑いをしそうなほどに勝ち誇った表情をしている。

老中大友様のお気持ち。

なるほど、マツの言葉は正しかったらしい。

「時田の娘は大奥のしきたりを破り、天子様に文を渡した。これは、私欲を通して国を揺るがす……いわば謀反だ。時田家は、天に抗《あらが》う家ということになる。そうだな……ボタン」

「お父様……！」

「わしは！　大奥を守れ、と言っておるのだ！」

部屋がぶるりと身震いをしたかと思われるほどに、父の声は響いた。ボタンはもう息をすることさえ忘れ、ただそれでも目を伏せまいと、必死に前を向く。

「文を見つけた者がおり、お前は御年寄として罪を裁く！　それだけのことではないか！　さあ、お前の手番だ。駒を動かせ！」

「……わたくしは……」

ボタンはその時、ふとフキと目が合った。

思えば、こうもまじまじと彼女の顔を見つめたのは、初めてのような気がする。あの立場をわきまえぬ生意気な口も、寵愛《ちょうあい》を誇示するようなつんとした鼻も、そして何より野心がむき出しのまなざしも、今やどこか弱々しく、霞《かす》んで見えた。

ボタンは今なお、フキのことが分からなかった。彼女が敵か味方か、悪人か善人か。もしも彼女がお世継ぎを産めば、火種となるのかもしれない。国を揺るがす大火となるのかもしれない。それはそうかもしれないし、そうではないかもしれない。

ただ、ボタンには一つだけ、確かなことがある。

それは、彼女が駒ではない、ということだ。

「できませぬ……！」

その声は情けないほどに震えていた。父の目が一層のこと冷たく研ぎ澄まされていくが、それでも、ボタンは口を閉じようとはしない。

「わたくしが身を捧《ささ》げるのは大奥――天子様を頂に、そこで働き生きる、奥女中三千人の命にございます……！　此度の騒ぎにて、わたくしは人が死ぬ様を目の当たりにしました。人が苦しみ、怯《おび》え、それでもここで生きる様を見たのでございます。将棋の駒などではありませぬ。斬れば、あたたかき血の流れる人にございます！　大奥のために子をおろし、家をつぶすなど、笑止千万。そこにこそ、守るべき人々がいるではありませんか！」

その時だった。父が振りかぶった拳《こぶし》を将棋盤に叩《たた》きつけ、駒が四方八方にはじけ飛ぶ。それも一度ではない。何度も、何度も、拳を将棋盤の真ん中にたたきつけた。ボタンだけではない。その場にいるすべての者が、その拳で打ち据えられたかのように固まった。

「何が！　人だ！　何が！　血だ！　これだから嫌になる！　手塩にかけて育てた駒も、突然こんな馬鹿げたことを言いだす！」

「お父様――」

「黙れ！　勘違いをするな！　ボタン、お前も駒なのだ！　駒でなければ、ならぬのだ！　わしがこの日の本を守るためには、お前たちは駒でなければ、ならぬのだ！」

それから父はおもむろに脇差《わきざし》を取り出すと、将棋盤の上に叩きつけた。

「取れ」

「……」

「取らぬか！」

その声音に命じられるまま、ボタンは震える手で脇差を手に取る。

「駒になるか、ならぬのか、決めろ！　時田の娘をここで始末するのだ！　それができぬというのなら……もしもお前が人だというのなら、お前の内に流れるあたたかき血とやらを、見せてみろ！」

その時ボタンを満たしていたのは、狂ったように打ち鳴らされる鼓動だった。確かめずとも、自分もまた、恐怖し、震え、心の臓を震わせる一人の人であるとわかる。

涙はこぼすまいと唇を咬《か》めば、やはり血の味がする。

ボタンには、フキを殺すことなどできなかった。できるはずもない。考えるまでもないことだった。脇差を鞘《さや》から抜き、自分の首元にあてると、もう一度フキと目が合う。ただ、此度の彼女の目には、今やはっきりと、あの力強い光が、腹立たしくなるほどまっすぐでがむしゃらな、あの火が宿っていた。

「——何が、大奥を守れ、ですか！」

フキが立ち上がると、部屋の行灯《あんどん》がごうっと音を立てて燃え上がる。その目はまっすぐに父に向けられていた。

「……日の本を守る？　大奥を乱しているのは、あなたの思惑を汲《く》んだ者たちです！　あなたはそれを野放しにしているだけでしょう！」

父はそれでも笑っている。フキはそれを見て、まるで地の底から響くような声で、言った。

「許せない……！」

■

老中部屋の行灯から数え切れぬほどの鬼火が噴き出した。それは花吹雪のごとく舞い上がり、天井で大渦を巻く。数百、いやもっとたくさんの火鼠が、激流となって宙を駆けまわっていた。床下からは咆哮《ほうこう》のような地鳴りが聞こえ、部屋が軋《きし》む。

しかし、もはやフキの目に妖《あやかし》の姿は入っていなかった。怒りで頭が沸騰し、視界にはもとより眩暈《めまい》の火花が散っている。身体の中には猛烈な嵐が巻き起こり、気を緩めれば今にも四肢がばらけてしまいそうだった。

この部屋に来た時、初めにあったのは諦《あきら》めだった。もはや抗う術《すべ》はないと、ただ受け入れるしかないのだと、自らに言い聞かせるしかなかった。だが、老中大友とボタンのやり取りを聞くうちに、一つの怒りが、本当の火種が生まれたのだ。

わたしの――わたしたちの苦しみは、何のためにあったのか。

もしも御家のため、大奥のため、日の本のために何かを受け入れなければならないのだとしても、それはこんな男のためではない。こんな男たちが率いる政《まつりごと》のためではない。ほんのひと時でも、仕方がないのだと、これが正しいのだと思った自分が情けなかった。

「許せない」

フキがそう呟《つぶや》くと、まるで慄《おのの》くように火鼠の群れが震える。光輪が歪《ゆが》み、途切れ、再び繋《つな》がって形を変える。

「おい、何が起きている！」

大友が苛立《いらだ》たしげに叫ぶが、勝沼親子は腰を抜かし、口を震わせていて答えない。

と、その時だった。

一人の男がどこから飛び込んできたのか、部屋の中央に降り立つ。黒い着物に身を包み、ゆらりと立ち上がる姿は、一瞬、影から何かが産み落とされたかのように見えた。男が袖《そで》をまくると、曇り一つない白い肌が露《あら》わになる。

「薬売り！」

いち早く叫んだのはボタンだった。薬売りは頭上でとぐろを巻く火鼠の群れをじっと睨《にら》んだまま動かない。

「なんだ貴様は——」

大友の言葉を制するように薬売りが短剣を掲げる。その柄《つか》を飾る鬼面の細工が、まるで生き物のようにカタカタと震えていた。

「二十年前の御中﨟、スズの想いを宿したモノノ怪《け》……火鼠！　斬らせていただきたい！」

次の瞬間、薬売りが片手に構えた幾つもの札を上に向かって投げる。すると、札は鬼火とぶつかり、火花を散らし、それにどよめくように火鼠の奔流がまた形を変えた。幾匹かが墜落し、地面に降り注いだ。それを見た薬売りは、足元を見つめ、

「……下か！」

と呟く。

次の瞬間、床に亀裂が入り、あ、と思った時には底が抜けていた。

「フキっ！」

伸ばされた父の手を摑《つか》む暇もなく、フキは落ちる。初めは深い床下でもあったのか

と思ったが、一向に地面にぶつかる気配がない。実際、下を見てみれば、そこにあったのは大奥をまるごと呑《の》み込んでも余りあるほどの大穴だった。一見して、それがまことに中奥の地下であるとは思えない。無数の目のようなものがそこかしこに浮かび、奥底には黄昏色《たそがれいろ》の巨大な亀裂から三つ目のような赤い模様が覗《のぞ》いている。その上、中空には三角鳥居の笠木《かさぎ》が層をなすように並んでいた。つまり、これは穴というよりも、一つの異界——地の果てに向かって垂直に延びる参道ではないか。

気づくとフキは薬売りに身体を抱えられていた。薬売りは異界に浮かぶ三角鳥居の一つに降り立つと、そっと下ろしてくれる。そして、下を睨み、

「ここにいたのか」

と呟いた。その視線の先にあったのは、地底近くに浮かぶ十畳ほどの大畳だった。そこにはうっすらと大きな鼠の姿が浮かび上がり、その目がぎょろりとこちらを向く。

「いやああああああっ！」

その時、すぐそばを、マツが悲鳴を上げて落ちていった。

「くっ！」

薬売りが札を投げるが、それが届く前に彼女の全身が炎に包まれる。マツの叫びが空間全体に響き渡った。

「おマツっ！」

老中勝沼が叫んだ時には、マツの身体は既に炭となって、塵《ちり》と消える。服だけが底に向かって静かに落ちていった。

そして、今度は娘に向かって伸ばした勝沼の手に、上から飛来した火鼠が突き刺さる。間髪を容《い》れず、勝沼が燃え上がった。

「あづいいいいいいいいいいいっ！」

ぐらりとよろめいて、勝沼が落ちる。娘を追うように底に向かいながら、やはり同じく炭となって消える。

大畳の中にいた巨大な鼠は、今にも見えぬ壁を突き破り、こちらに飛び出そうとしていた。それと同時に、はるか頭上、渦を巻いていた火鼠の群れが穴に降り注ぎ、大畳に向かってぶつかり始める。そのたびに炎が上がり、大鼠は悲鳴にも似た叫びを漏らしていた。

「……あれは、何をしているの？」

顔を上げると、すぐそばにボタンが立っていた。かろうじて三角鳥居の上に落ちることができたらしい。彼女もまた、訝《いぶか》しげに大鼠を見つめている。すると、薬売りが答えた。

「わからぬ。……だが、許せないと鳴いている」

と、その時、フキは一つ下の三角鳥居に、大友がいるのを見た。大友は周囲に降りかかる火鼠を必死に避けながら、少しでも上に行こうと這《は》っている。そして、フキたちに気づくと、叫んだ。

「どうなっている！　早く、わしを助けろっ！」

フキもボタンも黙っていると、ますます大友は声を張り上げる。

「くそっ！　勝沼はどこだ！　おいっ！　勝沼っ！」

勝沼がすでに死んだことにさえ気づいていないようだった。フキは立ち上がると、言わずにはいられない。

「貴方《あなた》たちのせいで、どれほどの過ちが繰り返されてきたか！　どれほどの命が奪われてきたか！」

すると、大友は鋭い眼光をこちらに向け、言い放つ。

「わしは大友家の主《あるじ》として、大奥のために尽くしてきたまで！　幾度、争いの火の粉を払い、国を守ったか、お前には分かるまい！」

「そのためならば、幼き子の命を摘み取り、その母が悲しんでも、かまわぬと！」

「悲しんだから、なんだというのだ！」

「……！」

「わしは子をおろせなどと、これまで一度たりとも言っていない！　世継ぎ争いを起こすまいと、忠義に篤《あつ》き者が動いたにすぎぬ！」

「それでも、あなたのせいで、おスズさまは子をおろした！」

「知るものか！　皆、そうしてきたのだ！　国のために、正しき事をした！　ゆえに、天下は守られた！　それでよいではないか！」

　その時、一際大きな大鼠の咆哮《ほうこう》が穴全体を震わせた。見れば、火鼠の群れが一斉に飛び掛かり、それに引きずり出されるようにして、大鼠がその全身を現わしている。

しかし、火鼠の衝突は止むことなく、大鼠は腹に無数の爆炎を受け、悲鳴を上げながら打ち上げられた。亀裂から熾《おき》のような赤い光を放つ身体が、引き裂かれては結ばれ、砕けては一つになる。

　そして、大鼠はくるりと身をひるがえしたかと思うと、ボタンたちが乗る三角鳥居に降り立った。その大きさは十間もあろうか。身体のあちこちから炎がほとばしり、その口はまるでひび割れた竈《かまど》のように、抑えきれぬ炎が隙間から洩《も》れ出している。

　しかし、その異形を前にしてなお、薬売りは落ち着いていた。

「お前は、何が許せない！　なぜ、自らを燃やそうとする！」

その問いに応《こた》えるように、大鼠が一つ大きな咆哮を放つ。そして、ぐっと身を縮めた次の瞬間、薬売りに飛び掛かった。

火花が散るのに劣らぬ速さだった。薬売りはそれを間一髪跳躍して避ける。そして無数の札を扇のように展開すると、返す刀で襲い掛かった大鼠の突進を防いだ。

「危ないっ！」

ボタンの声に、薬売りが後ろを振り返る。ちょうど背後を取るようにして、火鼠の群れが襲い掛かってきたのだった。薬売りは宙に置いた札を足場に飛び上がり、その挟撃からなんとか逃れた。

薬売りを狙っていた火鼠たちは、そのまま大鼠に衝突し、大鼠は再び悲愴《ひそう》な叫びを上げる。一度は身体が砕けるものの、炎がそれをつなぎ留め、ますます大きく膨らんでいった。そして、大鼠は不意に口を開いたかと思うと、巨大な火球を吐き出す。それは上の方にある三角鳥居にぶつかると、散って、数多《あまた》の火鼠に姿を変えた。飛び散った火鼠は再び大鼠に戻ると、大鼠は砕け、咆哮する。

その様子は恐ろしいと同時に、どこか痛々しい。火鼠たちの様子を見つめながら、ボタンが不意に呟《つぶや》いた。

「……子は、母を捜している……」

「どういうこと？」

思わずフキが尋ねると、ボタンはかぶりを振った。

「分かりません。ただ、薬売りが言っていたのです。火鼠の群れは、子供だと。だとすれば、あれは」

子を吐き出し、呑《の》み込み、その身を焼く、母親か。

大鼠は跳躍し、異界を飛び出すと老中部屋の天井部屋に張り付いた。そして、やはり全身で子鼠たちの衝突を受け止めると、再び火球を吐き出す。それは先ほどよりも大きく、速かった。

薬売りは宙に何重も札の壁を広げるが、それも一息に燃やし尽くされる。火球の勢いを殺すことはできず、薬売りはその爆発に吹き飛ばされた。ぶつかり、弾《はじ》けた火鼠は千々に分かれ、火の雨となって異界全体に降り注ぐ。

「ボタン！」

老中大友が叫んだ。その服のあちこちは焦げ付き、指先は既に炭へと変わり始めている。今までになく必死の形相を浮かべているのが分かった。

「わしを助けろ！　わしが死んだら、大奥はどうなる！　国はどうなる！」

ボタンは大友を見つめると、フキにだけ聞こえるような声で呟いた。

「……いつの日か、大火に包まれ、崩れる時が来るのかもしれません」

しかし、その言葉に反して、横顔に不安は見えなかった。ボタンはあくまで穏やかな声音で、こう続ける。

「それでも、焼け野原にはやがて新たな芽が立つ」

そして、すっと胸を張ると、声を上げた。

「ご安心を、お父様！」

一瞬、大友の口元が緩みかけるが、すぐに娘の目の冷ややかさに気づいたのだろう。その顔が引きつる。

「たとえ、わたくしたちがここで果てようとも、上に立つ者などいくらでもおりますゆえ」

「この戯《たわ》けがっ！」

大友が遠目にもわなわなと震えているのが見えた。不思議と恐ろしくはない。その怒りは老いた男の心一つから生まれるものに過ぎないと、今ではわかる。

「それがどういうことか、お前はわかっていない！　駒が、わしらを必要とするのだ！　小さきことに惑わされれば、大きなものを失う！　取るに足らぬ血を守ることで、より多くの血が流れることになる！」

しかし、大友の怒りに、もはやボタンもたじろぐことはなかった。

「それがなんだというのです！」

「なっ……！」

「血も涙も涸《か》れ果てるより、ましにございます！　この国が変わらぬのは、もはや死んでいるからです！」

「ボタン！」

「真に守るべきは、生まれ来る子供にございましょう！」

その時、ボタンのすぐそばを一匹の火鼠が掠《かす》めた。それはまるでボタンの言葉に導かれるようにして、大友へと向かう。

「っ！」

大友はそれを紙一重で避けたが、勢い余って足を踏み外す。そして、落ちながらにして、降り注ぐ火鼠の雨に貫かれた。

「ぐあああああああああっ！」

その悲鳴に呼応するように、散り散りになっていた火鼠たちがまた大鼠のもとへ戻る。痛ましい咆哮は止むことはない。これで終わりではないことは、フキにはもう分かっていた。たとえ大友を燃やし尽くしても、大奥を燃やし尽くしても、繰り返される痛みに終わりはないだろう。

なぜなら――……

「おフキさん！」

ボタンの声に気づいた時にはもう、頭上に一匹の火鼠が迫っていた。だが、不思議と恐怖はなく、むしろそれを迎え入れるようにフキは手を伸ばす。

すると、ちゅう、と鼠が鳴いた。

■

伸ばした手が摑《つか》んだのは、瓶だった。

二十年前の大広間で、フキは――スズは、毒の入った瓶を手に取ったのだ。スズの父が、涙を目に溜《た》めて、こちらを見つめていた。

スズは静かに尋ねた。

「これを……飲めばよいのですね。これを飲めば、西条家は……大友様のために尽くしたと、胸を張れるのでございましょう……？」

「スズよ、分かってくれるな？　わしは、お前と同じくらい……いや、それ以上につらいのだ……！」

スズが瓶の蓋《ふた》をひねる。耳障りな音と共に栓を抜くと、スズはまっすぐに父のことを見つめた。

「西条家は、わたくしが守ります」

そして、笑って、飲み込んだのだ。

甘く、苦い薬が身体にしみ込み、下っていく。それはやがてお腹にいる子に届き、その息の根を――……

ちゅう、と再び鼠が鳴いた。

■

スズは暗い廊下を歩いていた。手燭《てしよく》を片手に、ふらりふらりと進んでいく。

身体が重い。打掛がまるで鎧兜《よろいかぶと》のように思われた。

「許せない……」

口から漏れる言葉は、掠れていてほとんど音になっていない。あるいはこの喉《のど》の痛みは、その言葉を何百、何千と繰り返したからなのか。

やがて、大広間にやってくると、スズはその真ん中に立つ。

ここにしよう、とスズは思った。

ここは大奥で一番好きな場所だった。夜には誰も来ることがなく、独りきりでいられる場所。自分が自分でいられる場所。夏には城下の花火も見える場所。

ここは大奥で一番嫌いな場所でもあった。毒を飲み、我が子をおろした場所。この手で、我が子を殺した場所。

「許せない……」

手燭を握っていた手に、自然と力が入らなくなる。蠟燭《ろうそく》が落ち、畳に火が付いた。ゆっくりと、青い匂いを立ち上らせて、火が周囲を取り囲む。

打掛に火が付いた。懐妊のおり、父が贈ってくれた、安産を祈願する鼠柄の打掛だ。

それから髪に火が付いた。全身をなめるように火が取り巻き、皮膚を焼き、耳を燃やし、喉を、肺を、焦がしていった。

熱い。苦しい。だが、足りなかった。こんなものでは、足りなかった。

どうして、手放したのか。

どうして、守らなかったのか。

「どうして……あの子を……わたしは……!」

果たして、この炎はどれほど広がるだろうか、とスズは思った。大広間を燃やすだろうか。それとも、畳十枚燃えるのが関の山か。いっそ、全て燃やしてしまいたい。大奥を。御城を。老中たちを。それに従う男たち、そして父を。この国を。そして、

「……許せない」

燃やしてしまいたいのだ。

「……許せない」

骨の髄まで、塵《ちり》も残らぬほどに、

「……許せない！」

この身を焼き尽くしてしまいたいのだ。

「自分が……許せない……！」

■

カチーン！　という高らかな音がフキの目を覚ました。

目の前では、ボタンが心配そうにこちらの顔を覗《のぞ》き込んでいる。

「……おフキさん、怪我はない？　あなた、一瞬、炎に包まれていましたよ」

フキは静かに首を振った。

「大丈夫……大丈夫よ」

それから、頭上を見上げると、なおも自らを燃やし、痛ましく叫ぶ大鼠に向かって呟《つぶや》いた。

「おスズさん……あなたは自ら子をおろし……そして、我が身を燃やすほどに、それを悔やんだ！」

火鼠の炎は、自らを焼き尽くそうとする炎だったのだ。その怒りが向かう先は、他でもない、火鼠自身。

「あなたは、あなたを……許せなかった！」

つまり、大鼠を燃やしているのは、子鼠ではないのだ。子鼠はただ、母を求め、捜している。それを、大鼠が受け止められないのではないか。子供から向けられる純粋な愛を、受けるにふさわしくないと思い込んでいる。ゆえに、自らを燃やさずにはいられない。

子供は恨んでなどいないのだ。怒ってなどいないのだ。

なぜなら、母の胸に宿る火は愛だと知っている。

時に後悔に染まり、母親自身を傷付ける炎でも、それが温かく、輝かしいものであると、知っている。だから、子供たちは何度でも、その胸に飛び込もうとするのではないか。何度拒まれようと、母に向かっていくのではないか。

　大鼠が咆哮《ほうこう》を放つ。火球がフキの近くで弾《はじ》け、まばゆい火花が散った。

■

「始まりに――火種を望まず」

　薬売りが三角鳥居の上に立っていた。

「終わりに――大火を望んだ」

　大鼠が火球を放ち、薬売りはふらりと穴に身を投げる。

「大奥を燃やし尽くさんとするは、変わらぬものへの怒りと――」

　薬売りは落ちるに任せ、目を閉じた。矢のように襲い掛かる火鼠の群れを、まるで戯れるように避けていく。だが、不意に手を掲げた時、そこには退魔の剣が握られていた。

「変えることのできぬ過ち――」

　薬売りが目を見開く。

「——理《ことわり》が、示された！」

その瞬間、隈取《くまどり》にも似た化粧が弾け、宙に浮く。薬売りが退魔の剣を手放すと、それは薬売りの眼前でぴたりと静止した。

「形、真《まこと》、理……三様が揃い！　よって、剣を……」

続けて三つの印が結ばれる中、薬売りの服の文様もまた、水が流れ落ちるように消えさった。そして、薬売りは両腕を前に突き出し、理の印を開く。

「解き、放つ！」

がちんっ、と退魔の剣が鳴り、鬼面が薬売りの言葉を復唱した。

「トキハナツ————！」

この時、天地が覆り、万物は流転して、時が止まった。これより先は人ならざる者の刻《とき》。薬売りは現《うつ》し世《よ》から切り離され、隠《かく》り世《よ》に縛られし光が転じて、神儀《しんぎ》となる。

三角鳥居に降り立ったその時、流れ落ちた化粧が雨となって神儀の上に降り注いだ。新たな文様が浮かび上がり、神儀の全身を縁取る。それはもはや単に綾《あや》なす線ではない。人ならざる者が現し世に顕《あらわ》れる時、かたちなきものにかたちが与えられる時、その神威を固定し、留める具象。文様を纏《まと》って初めて、神儀は顕現する。

遥《はる》か頭上より見下ろす大鼠が、立て続けに火球を吐き出したのは、畏《おそ》れゆえか。槍《やり》のごとく投げ放たれた炎に、しかし、神儀は動じない。中空に浮かんだ剣を手に取ると、鞘《さや》がひとりでに外れ、その虚《うつ》ろな刀身が露《あら》わになった。

千年と日の当たらぬ暗き谷に落ちた雷を拾い、鍛えたという退魔の剣。神儀がその柄《つか》を掲げるや否や、鍔《つば》が外れて光輪となる。そして、その輝きと共に、いずこともなく影が生まれた。

神儀が鍔を撫《な》でれば、鬼面が歯を打ち鳴らす。すると影が七支の剣に姿を変え、碧《あお》き炎を帯びた。神儀の髪は紅《あか》く染め上げられ、灯のごとく揺らめく。

「オオオ――――ッ」

神儀の口から聞こえる一声は、力強くもどこか澄んでいた。その体軀《たいく》が一つの楽器となり、空間を震わせる。神儀が剣を何気なく斬り払うと、たちまち、無数の影が盾となり、降り注ぐ火球を弾いた。炎が砕けて火鼠と転じても、やはりその一つ一つを掬《すく》い取るように、盾が遍《あまね》く行く手を阻む。

大鼠は帰ってきた火鼠を受け止め、その痛みに耐えながら腹をふくらませた。そして、火球を次々に吐き出していく。しかし、その悉《ことごと》くが断たれ、弾かれ、受け止められた。

火鼠の数にも限りはあり、ひとたび手が緩むと、此度《こたび》は神儀が攻勢に出た。鍔に触れると、再び剣が姿を変え、蛇骨のごとき形状になる。神儀がそれを振るうと、鞭《むち》のように剣がしなった。その切っ先はもはや目には見えず、風を裂く激しい音だけが軌跡を示す。

大鼠は跳び、疾駆する刃《やいば》を紙一重で避ける。しかし神儀は一度避けられようとも、攻撃の手を緩めない。執念深い蛇のごとく剣はうねり、滑って獲物を追う。やがて、神儀は地を蹴《け》り大鼠と距離を一息に詰めた。とっさに吐き出された火球も二つに断ち、いよいよ一撃を叩《たた》き込む。

しかし、その直前、火鼠の群れが盾となって薙《な》ぎ払いを受け止めた。そして、大鼠は意趣返しとばかり、尻尾《しっぽ》を鞭のようにふるい、神儀を打つ。

どちらかが攻めれば、どちらかが守り、その攻防は拮抗《きっこう》した。火球も、しなる鞭の剣も、あと一歩相手に届かない。

しかし、坤の剣より生み出される盾がますますその数を増す一方で、火鼠の群れは少しずつ減っていった。神儀の斬撃を受け止めるたび、また自らが矢となり盾を打ち崩すたび、少しずつ、しかし確実に火鼠は消えていく。

そして、終わりは不意に訪れた。火球を放つために開かれた大鼠の口はとうとう光を失い、絞り出されたものはたった三匹の鬼火だった。その三匹さえ、瞬く間に剣で断たれると、大鼠はもはや動くことさえできなくなる。

「火鼠よ……モノノ怪《け》になってなお、自らを燃やし尽くさんとするその情念……」

神儀は大鼠に向かって剣を振るった。伸びた影がその身を打ち据え、大鼠は頭上に高く打ち上げられる。神儀は飛び上がり、正面に大鼠をとらえると、今一度剣を構えた。

「陰陽八卦《はっけ》が一振り、坤の剣の力をもって、斬らせていただく……」

がごん、とまるで巨石を打ち割るような音と共に、鬼面が歯を打ち鳴らした。その瞬間、大音声と共に宙空が引き裂かれ、黒い稲光が剣に落ちる。そして、その混じりなき雷の影が奔流となり、退魔の剣は第三の態を成した。

子鼠を失い、やせ細った大鼠は、もはや逃げようともしない。この世には、劫火《ごうか》をもって燃やし尽くせぬ影があると、思い知らされたのか。あるいは、その影によってやっと、自分は止まれると安堵《あんど》したのか。

神儀はただ、静かに告げる。

「モノノ怪よ、還《かえ》れ――」

そして、剣を振り下ろした。

「一閃《いっせん》！」

坤の剣は鳥居ごと大鼠を両断する。瞬間、その四肢を繋《つな》ぎとめていた炎が掻《か》き消え、大鼠の身体は崩れ始めた。

退魔の剣は役目を終えるとすぐさま霧散し、影の刀身は消え去る。鍔の光輪もまた、その輝きを失い、手には空の鞘と柄が握られるのみ。神儀はその二つを合わせ、剣を納めた。

「……許せ」

すると、まるでそれに応《こた》えるように、塵《ちり》となった火鼠のかけらが一斉に燃え上がる。

しかし、やがてその炎さえも消えて、あたりは静寂に満たされた。

主《あるじ》を失ったせいか、異界は徐々に縮小を始める。ただ、地の底に開かれた三つ目は、相変わらず神儀を見つめていた。やがて、それはどこか満足したように瞬《まばた》きをすると、二度と開くことはなかった。

■

まるで夢を見ていたようだと、フキは思った。気が付いた時には老中部屋に立っていて、大鼠は消えていた。巨大な穴も、抜けたはずの床も、まるで何事もなかったように元通りになっている。服のあちこちに残された焦げ跡や、手の小さな火傷《やけど》だけが、かろうじてあの異界で起きたことの名残に思えた。

　ボタンはすぐそばで倒れていたが、気を失っているだけのようで、フキは安堵する。父は部屋の隅で腰を抜かしていたものの、やはり無事なようだった。父が巻き込まれずに済んだのは、幸いだった。もしも一緒に異界に落ちたりでもしたら、また違った結果になっていたのではないかと、肝が冷える。マツ、勝沼、そして大友の姿はなく、皆、本当に死んだのだろう。そこに清々する思いがないといえば嘘になるが、それでも大友はボタンの父であり、勝沼家を慕う者も少なくない。大奥が負った痛みは、決して小さくはないだろう。

　いずれにせよ、百五十年と変わらなかったものが、変わってしまったのだ。もはや後戻りできないほど、大きく、明確に。これは、スズが望んだことであり、自分が望んだことでもある。ゆえに、前に進み続けるしかないのだ、とフキは思う。

　部屋をどれほど見回しても、薬売りの姿はなかった。一抹の不安は覚えつつも、それはモノノ怪が祓《はら》われた、ということだとフキは考えることにする。やるべきことを果たしたからこそ、立ち去ったのだろう。礼の言葉一つも伝えられなかったのは心残りだが。にべもなく姿を消すのだから。

それから、フキは部屋に舞い散る小さな白いものに気が付いた。よく見ると、それは灰だった。両手でそっと包み込むと、気のせいだろうか、微《かす》かに温かい気がする。フキはその灰に向かって、祈るように呟《つぶや》いた。

「わたしは……産みます」

それから目を開けると、いつの間にかすぐそばに父が来ている。フキの声が聞こえていたのだろう。あくまで険しい表情で言った。

「……大友様がいなくなろうと、我らの立場は変わらん。分かっておるな」

「ええ」

「わしは、お前の命が心配なのだ。これから先、ずっと……」

「同じでございます」

「……同じ？」

「わたしも、我が子の無事を願っているのです」

今、フキの胸のうちにあるのは、ただ、会いたい、という思いだった。

お世継ぎだろうと姫君だろうとかまわない。自分に似ていようと似ていまいとかまわない。ただ、我が子に会いたかった。そして、愛していると伝えたい。

願うことはそれだけだった。

それだけで、十分ではないか。

「……それが、親心でございましょう？」

結

夕日に空が赤々と燃え上がる頃、ひと気の少ない七つ口では坂下がしかめ面で唸《うな》っていた。

「……うーむ、こうか」

坂下が駒を動かすと、ぽすっ、と柔らかな音が響く。布に自分で罫《けい》を書いただけの将棋盤ゆえに、どうにも間が抜けていた。駒も年季が入って角が丸くなり、何度も上から書き直された文字は、滲《にじ》んで判然としない。

来客もないような閑暇の手慰みには違いなかったが、坂下としては真剣そのもの。というのも、今日の相手は駒の動きも知らぬような広敷番の新米たちではなかった。

「ほぅ」

薬売りは盤面を見つめ、わずかに目を細める。相変わらずの涼しい顔で、果たして面白がっているのかは分からないが、こちらの遊びに付き合う程には、余裕があるのかもしれない。火鼠の騒ぎからいまだ十日と経ってはいないというのに、大奥は意外なほど落ち着いていた。

もちろん、御中﨟が一人死んだことは奥女中たちに大きな波紋を呼んだ。先月から引き続き、こうも不幸が続くのはただ事ではない。新たな御年寄として、ボタンはこれからどのように大奥をまとめていくのか、早速試されることになるだろう。

しかし、表で問題となったのはむしろ、老中が二人も死んだことだった。とりわけ、老中大友は政《まつりごと》の中枢にあって、その一切を取り仕切っていた。今は老中藤巻が代わって筆頭の任を務めているが、長年の重しがとれた今、色々な立場の人間が動き出すのは明らかだろう。あるいは大奥でも、これから何か大事が待ち構えているのかもしれない。

とはいえ、坂下がもっぱら気になるのは、あの日、薬売りがいかなる活躍をしたのか、ということに尽きた。結局、今回も肝心なところは知らずじまいになってしまったのだ。巻き込まれるのは御免だが、大奥の門番としては、自分の与《あずか》り知らぬところで事の決着がつくというのも据わりが悪い。モノノ怪《け》退治の場にいたのはボタン様とおフキ様ということもあって、気軽に尋ねることもできなかった。薬売り本人に尋ねたところで、斬った、祓った、などと実のない言葉が返ってくるばかり。

そこで一計を案じたのが、この将棋だった。つまり、こちらが勝ったら、その一部始終を薬売りに話してもらう、という約束である。まあ、今のところ、少し押されているような気はするが……

「薬売り」

その声に顔を上げると、三郎丸が大きな風呂敷《ふろしき》包みを背負ってやってくる。坂下の方に会釈しつつも、まっすぐ薬売りの前まで来ると、深々と頭を下げた。

「先日は我が姉を救ってもらい、なんとお礼を言えばよいか」

「ただ、モノノ怪を斬っただけ……」

案の定、素っ気ない返事に三郎丸は苦笑を浮かべる。ましてや薬売りに会話を続けようという素振りも見えず、坂下は仕方なしに話題を振った。

「そのお荷物は？」

すると、三郎丸は「そうでした」と微笑んで、背負っていた風呂敷包みを番台前に広げる。その中に入っていたのは、筥迫《はこせこ》や反物、櫛《くし》に笄《こうがい》……とにかく、鼠柄の品々だった。

「それは、もしかしてこいつが燃やした？」

「少しでも、代わりになるものがあればと」

「こりゃあ、皆、喜びますよ！」

まず誰より、坂下が嬉《うれ》しかった。おフキ様を助けたという名目上、表立って非難されることこそなかったが、奥女中たちからの目は厳しかった。鼠柄のものといえば、誰しも思い入れのあるものばかり。それを燃やしてしまったことは取り返しがつかないが、せめてもの償いになればありがたい。

「しかし……あんなことになると分かっていたら、初めから城下町で買い集めるという手もあったではないか」

思わず恨み節を漏らすと、薬売りは答えず平然と次の手を指す。そして不意に、坂下の首元に目をやった。

「そういえば、その手ぬぐいにも、鼠が」

「……これは、もう染が掠《かす》れているから……ふさわしくないと思ったのだ」

坂下が慌てて手ぬぐいを袂《たもと》に押し込むと、薬売りはいつもの微笑を口に浮かべる。

「モノノ怪は想いに惹《ひ》かれるもの。大奥の皆々様のお気持ちがあればこそ、おフキ殿は助かった」

「……相変わらず、達者な口だな」

坂下は溜《た》め息《いき》を漏らすと早々に反論を諦《あきら》め、将棋に戻ろうとする。しかし、ふと三郎丸の視線を感じた。

「時田殿も、指されますか」

「あ……いえ、自分はからきし。人に誘われれば、断りませんが……」

「なるほど」

察するに、将棋とは別の懸案があるらしい。

「どうかされましたか」

尋ねると、三郎丸はもう一度頭を深く下げる。

「改めて言うことでもないのですが……どうか、今後とも姉を……」

ははあ、そういうことか、と坂下は膝《ひざ》を打つ。なんとも姉思いの弟君ではないか。

おフキ様の懐妊によって、時田家は良くも悪くも注目の的となった。今後の便宜を期待してすり寄る者もいれば、敵対する者もいるだろう。毒の件があったことを思えば、心配するのも無理はない。しかし、その前途は多難のように見えて、実際のところ坂下は心配していなかった。

「おフキ様は、お強い。時田殿はよくお判りのはずだ」

「……しかし」

「信じてさしあげるといい。実のところ……大奥に立ち入ることのできぬ我らには、それぐらいしかできない」

坂下の言葉に、三郎丸は少し目を見開き、それから苦笑した。

「——そうですね……姉を、信じます」

それから、改めて将棋盤に目を落とす。

「もう少し、見物させていただいても？」

「もちろん！　ここから坂下軍の反撃でさぁ！」

■

老中藤巻様にお話があるので、お父様もご同席してください。

フキからそう言付けを預かったのが昨日の事だった。約束の時間に老中部屋の前までやってくると、フキが待っていた。そして、「お父様はよく見ていてくだされば」とだけ言うと、フキは中に入ってしまう。詳しい話を尋ねる暇もなく、良路は娘の後を追った。

老中部屋は筆頭に藤巻が就いてから、早くも模様替えをしたらしい。丹波《たんば》の大壺《つぼ》や瀬戸黒《せとぐろ》の茶碗《ちゃわん》、胡渡珊瑚《こわたりさんご》の置物などが運び込まれ、何かと飾り物が増えている。とはいえ柱や壁の修繕はそう簡単には済まないようで、部屋のどこを見ても火鼠が暴れた焦げ跡が残っていた。そのちぐはぐさが、またなんとも奇妙な印象を受ける。

いつも部屋の真ん中にあった将棋盤は片付けられ、その代わり青磁の小さな火鉢が置かれていた。香木が焚《た》かれているのか、あたりには鼻につく甘い香りが漂っている。

フキは藤巻に書状を渡すと、読み終わるのをじっと待った。良路もその隣で待つしかないのだが、事の成り行きが見えないのは実に心細い。やがて藤巻は目を上げると、確かめるようにフキを見つめる。

「我が藤巻家に、子供の後見を譲る、と」

良路は思わず声をあげそうになった。ただ、フキは淡々と言う。

「老中筆頭になられた今、藤巻様は大奥に味方が必要では？」

藤巻がますます穴が開くような目でフキを見つめた。そして、良路もまた、いぶかしげなまなざしで頭のてっぺんからつま先まで探られる。

それからどれほどの沈黙が続いたのか分からない。不意に藤巻は相好を崩すと、

「時田家は、わしが面倒を見よう」

と言った。良路は張り詰めていた糸が思わず緩み、息を漏らしそうになる。藤巻は書状を火鉢の上に放り捨てると、紙はたちまち燃え上がった。

「大友様がみまかられた今、大奥は水光院の一人天下だ。しかし、お世継ぎが生まれれば……」

胸算用にほくそ笑む藤巻にフキは静かに釘《くぎ》を刺す。

「一つ、条件が」

「わかっておる、子を育てるのはおぬし、だな」

藤巻は一際機嫌のよい声音で言った。

「期待しているぞ！」

それからフキに促されるようにして、良路は老中部屋を出る。大奥へと繋《つな》がる分かれ道まで来たところで、ようやくフキは足を止めた。振り返ると、「申し訳ありません」と頭を下げる。

「お父様にご相談せず……こんな大切なことを」

「構わぬよ……こういうことは、お前の方がわかっているだろう」

もとより、口を出せるような立場ではないのだ。フキが大奥に残り、天子様の子を産むと決めた以上、やはりこれからも時田家はフキが背負うことになる。お飾りの父親役くらい、安いものだった。

しかし、フキは続けて「もう一つ、ご相談が」と言う。

「お父様にお願いしたいことがございます」

「……わしに？」

フキは頷《うなず》き、こう切り出す。

「藤巻家の庇護《ひご》に入ろうと、時田家は安泰ではございません。藤巻様がいつ心変わりされるかもわからない。あるいは天子様のご寵愛《ちょうあい》も、いつまでも続くものではないでしょう。それゆえ、わたしは——わたしたちは、より多くの味方が必要になるはずです。お父様のお力添えが必要になります」

「だが、フキよ、わしに武士の付き合いは……」

「お父様には、お父様のやり方がございましょう」

フキが言うには、有力な大名への献上品をうまく選んでほしい、ということだった。確かに、良路は売り込みのために何軒もの御屋敷を訪ね歩いた経験がある。元々売り物として扱っていた反物に限らず、大名たちが気に入るものは、人より知っているかもしれない。

「お父様は商人、三郎丸は武士、わたしは大奥……時田家が力を合わせれば、まことに日の本の一の御家になれるやもしれません」

そう言って微笑むフキの目に、かつてのような野心は光っていない。ただ、その泰然とした物腰が、かえって本当に時田家の行く末を照らし出しているのではないかと思わせた。

「さしあたり……藤巻様に、今日のお話のお礼をいたしましょう。お父様、あのお部屋……覚えていらっしゃいますね？」

「……まさか、そのためにわしを呼び出したのか？」

「よく見ていてください、と言いましたでしょう」

良路は思わず、笑ってしまう。たとえ親馬鹿と言われようとかまわない。やはり、この子は日の本で一番の娘なのだ、時田家の自慢の娘なのだ、と思わずにはいられなかった。

■

大奥の地下深く、中庭の大井戸を下りたその果てに、大きな溜《た》め池《いけ》と祭壇がある。日の届かぬ場所でありながら、そこには花が咲き乱れ、白き壁が三つの柱とその中心にある祠《ほこら》を取り囲んでいた。

祠を見つめる大奥の祭司――溝呂木北斗の表情は険しい。三柱から伸びる三つの綱のうち、また一つが新たに切れたのだ。祠と繋がるものは後一つしか残されていない。

脇に控えていた双子の娘――二日月と三日月は、父の怪訝《けげん》な表情の意味が分からず、ただぼうっと祠を眺めていた。

「……これも、定めか」

北斗の呟《つぶや》きが、がらんとした地下に響く。

「あるいは、あなたの――」

■

結局、薬売りとの勝負は七つ口の閉門までもつれ込んだ。

一手進むごとにいよいよ進退窮まって、坂下は長考に長考を重ねる。ここまで来るとほとんど意地のようなものだった。勝ちたいというより、負けたくない。薬売りと一戦交えるという好機をみすみす逃してやるものか、と。

もはや何手目になったのか分からない。唸《うな》り、頭を捻《ひね》って盤面を睨《にら》んでいると、不意に背後から跳ねるような声が聞こえた。

「坂下様～。また負けてるのぉ？」

振り向かずとも、その声と三つの足音でわかる。坂下はあえて振り向かず、盤面を見つめていたが、脇からぬっと指が出てくる。

「ほら、つんでるっ」

「あ、ほんとだ」

「これはダメねぇ」

一人が口を出し始めたら、たちまち残りの二人まで盤面を覗《のぞ》き込んでくる。あまりに遠慮のない感想に、坂下も続ける気にはならなかった。

「あ～！　やめだ！　やめだ！　将棋なぞ、つまらんっ！」

坂下はそう言って立ち上がると、キッと背後を睨む。クメ、トメ、フクの三人が、そろって悪戯《いたずら》っぽい顔で笑っていた。

「怒らないでくださいよ～、ね？」

クメの臆面《おくめん》もない媚《び》態《たい》には、いっそ清々《すがすが》しささえ覚えるほどだった。それを少しでも天子様に向けて発揮すればいいものを、当人はこうして広敷番をからかう方が楽しいらしい。

「して、おまえたちは何の用だ。もう門は閉めてしまうぞ！」

坂下が尋ねると、トメが言う。

「あの……もう少しだけ待ってもらえません？　花火を見たいんです。七つ口からだったら、良く見えると思って」

「花火……？　あぁ、そういえば、大友様は長いこと禁止しておったからなあ。わしももう十年は見ておらん」

するると、今度はクメが身を乗り出すように訴えてくる。

「あたしたち、火之番ですから！　花火の見張りをしないと！」

「おフクは、違うだろう」

「そこは、まぁ、固いことおっしゃらずに。一緒に見た方が絶対楽しいですから！」

あ、もちろん、坂下様もどうです？　ご一緒に！」

いつの間にか、見ることが前提になっている。気を抜くと簡単に口車に乗ってしまいそうで、油断ならない。

「見回りはどうした」

「そりゃ、あとで急いでいきますよ～。坂下様だって、薬売りさんと将棋指してたじゃないですかー」

「うっ……」

痛いところをつかれて、坂下は言葉に詰まる。だが、反論の言葉を見つける前に、突然、三人娘の後ろに人が立った。

「――もし」

「ぼ、ボタン様……！」

いち早く動いたのはフクだった。それもそうだろう。本当にいるべき場所はここではなく、目の前の人の傍なのだから。すぐさま床にひざまずくと、ほとんど鼻をこすりつけるような深さでお辞儀をする。他の二人も慌てて廊下にひれ伏した。

ボタンはじろりと三人を見下ろし、呟く。

「そろって、ご休憩？」

「いえ……」

「その……」

「えっと……」

いつもは減らず口の三人娘が、さすがに御年寄を前にすると押し黙る。それから続いた沈黙は、三人にはひどく長く感じられたことだろう。しかし、ボタンは小さく溜め息を漏らすと、

「ほどほどになさいね」

と言った。てっきり、きついお叱りが飛んでくると身構えていたのか。予想外の言葉に三人娘は思わず顔をあげ、口をぽかんと開ける。

ボタンはそれから薬売りの傍に膝《ひざ》をつくと、尋ねた。

「また大奥に、忍び込むおつもりですか」

「さあ……どうだか」

そこは嘘でも否定しておけ、と坂下は胸中で叫ぶが、薬売りにそんな処世術があるはずもない。立ち入りの禁を犯し、あわや打ち首まで見えていたことを、まるで覚えていないのではないか。

だが、ボタンはそれを怒るでもなく、咎《とが》めるでもなく、坂下が放棄した盤面の上に通行手形を置いたのだった。

「これの出番がないことを、願っています」

薬売りは微《かす》かに微笑み、手形を受け取った。

「坂下、外の門は刻限通りに閉めなさい。あとは、あなたに任せます」

ボタンはそう言って立ち上がると、踵《きびす》を返す。

坂下は思わずにはいられない。これだから、広敷番はやめられぬ、と。

大奥はこうして変わっていく。

失うもの、消えていくものはあれど、確かに何かが生まれる時が来る。

その様を間近で見るためにこそ、自分はここにいるのではないか。

「ははあ！」

坂下は去り行くボタンの背中に、七つ口いっぱいに響くような声で返事をした。

■

少しだけ一人にしてほしいの、とツユを廊下に留《とど》まらせて、フキは夜の大広間に足を踏み入れた。ひと気もなく、がらんとして、どこかひんやりとした風が流れている。フキはなんとなく、スズがそこを好きだったわけがわかったような気がした。大奥は人が多い。御中﨟ともなれば部屋にもお付の女中が控え、どこに行くにも人がついてくる。何をするにしても人がやってくれるのだ。大切なお身体だから、と言われと、時々考えてしまうことがある。すなわち、この身が大奥のものだとすれば、自分の身体は——自分だけの身体は、どこにあるのだろうか、と。

大広間の真ん中に横たわると、鼓動が耳に響く。指の腹に触れる畳のささくれも、暗くて見えぬ天井も、どこか心地いい。きっとスズはここで、自分を確かめていたのだろう。なんとなく、そう思う。

不意に、視界が照らし出されて、それから——ドン！　と全身を震わせる炸裂《さくれつ》音が聞こえた。身体を起こし、縁側に向かうと、ぽっかりと開いた夜空に花火が見える。

大輪の炎が、咲いては消えた。

それは美しかった。確かに胸躍る景色だった。ただ、その光が目に焼き付くほど、フキはその後ろに広がる深く暗い夜が気になった。華やかな音が降り注ぐたび、その隙間の静けさが怖くなる。光に彩られた空から目を外し、真っ暗な大広間を振り返ったとき、フキは思わずにはいられなかった。果たしてこれでよかったのか、と。

昼間のうちは気にならないのだ。そもそも、気にする余裕がない。自分がこの先大奥で生きるため、できることを考え、行動に移す。一つ一つこなすうちに、日は暮れる。ただ、こうして夜が来ると、不意に疑念に襲われるのだ。本当にこれでよかったのか。自分の選んだ道は、間違っていなかったのか。

たとえ大友がいなくなったところで、政《まつりごと》が変わるわけではない。藤巻に首がすげ替わっただけのことなのだ。自分は結局、その首に縋《すが》ろうとしている。そうして庇護《ひご》を得ることは、これまで苦しめられてきた者たちへの、裏切りではないか。苦しめる側にすり寄っただけではないのか。そんなことばかり考えてしまう。

その時、からん、と下駄の音がした。

気づけば縁側に薬売りが腰を下ろしている。まるで猫のような男だ、とフキは思った。知らぬ間に現れては知らぬ間に消える。

「どうして、ここに？」

尋ねると、薬売りはフキの方を見た。

「燻《くすぶ》り続ける、情念がある」

ぎくりとする。腹の底に疼《うず》く痛みを見透かされているような気がして、フキはなぜか身がすくむ。

「……斬るの？」

「今は、まだ」

薬売りはそう言うが、その目はフキをまっすぐとらえて離さない。

「されど、器から溢《あふ》れだしたとき、いかなる想いもモノノ怪《け》と化す」

その時、花火が煌《きら》めいて薬売りの相貌《そうぼう》を白く照らし出した。フキはそのまなざしがあまりに澄んでいることに、なぜか胸を締め付けられる。

「……わたしは……どうすればいいの？」

「……」

「生きるためには……呑《の》み込まないといけないこともある。でも、そのたびに、溢れそうになる。わたしはもう、知らなかったころには戻れないのよ。あの怒りと痛みを思い出して、それを何度も裏切れというの？」

薬売りの表情は読めない。ただ、彼は不意に夜空に視線を向けると、言った。

「溢れる前に、託すことはできる」

「……え？」

夜空に、無数の小さな花火が咲いた。それは、フキが幼い頃、母と一緒に見た土手の花とよく似ている——……

その時、ふとフキは思った。

あの二本の手折られた赤い花は、溢れかけた母の想いだったのか、と。母はそれを川に流しては、いつもの母に戻ったのだ。彼女はそうやって前に進もうとした。そうやって生きていくしかなかったのではないか。

わたしたちは想いと共に生きるしかない。そうなのでしょう？　と顔を上げたその時には、薬売りの姿は消えている。そして、再び誰もいなくなった大広間を見つめていた時、また背後で耳を聾《ろう》するほどの爆発が起きた。その激しさゆえに、一瞬、大広間のすべてが真っ赤な光で染め上げられ、まるで燃えているかのように見える。

「あっ」

その時、大広間の真ん中に、スズが立っているのが見えた気がした。それは花火の閃光《せんこう》がもたらした、幻にすぎないだろう。しかし、幻でもいい。フキは確かに、スズが笑っているのを見た。

そして、すぐに闇が降り、静寂が戻った大広間に向かって、フキは呼びかける。

「……またここで、花火を観ましょう。何度だって、思い出します。あなたのことを……あなたたちのことを……」

返事はない。あるのはただ、自分の胸から響く小さな鼓動ばかり。しかし、フキはもう立ち止まることもなく、大広間を後にした。

やがて、夜闇にそっと誰かの呟《つぶや》きが漏れた。

「――弔いの火か」

それを聞く者はおらず、またそれに続く言葉もない。

ただ、そこに込められた慈しむような響きだけが、夜空へ昇り、そして消えた。

本書は書き下ろしです。

小説《しょうせつ》
劇場版《げきじょうばん》モノノ怪《け》 火《ひ》鼠《ねずみ》
新《あたらし》 八《や》角《すみ》
令和7年 2月25日 初版発行
発行者●山下直久
発行●株式会社KADOKAWA
〒102-8177 東京都千代田区富士見2-13-3
電話 0570-002-301(ナビダイヤル)
角川文庫 24526
印刷所●株式会社暁印刷
製本所●本間製本株式会社
表紙画●和田三造

●お問い合わせ
https://www.kadokawa.co.jp/ (「お問い合わせ」へお進みください)
※内容によっては、お答えできない場合があります。
※サポートは日本国内のみとさせていただきます。
※Japanese text only

ISBN 978-4-04-114091-8 C0193
◇◇◇

角川文庫発刊に際して

角川源義

第二次世界大戦の敗北は、軍事力の敗北であった以上に、私たちの若い文化力の敗退であった。私たちの文化が戦争に対して如何に無力であり、単なるあだ花に過ぎなかったかを、私たちは身を以て体験し痛感した。西洋近代文化の摂取にとって、明治以後八十年の歳月は決して短かすぎたとは言えない。にもかかわらず、近代文化の伝統を確立し、自由な批判と柔軟な良識に富む文化層として自らを形成することに私たちは失敗して来た。そしてこれは、各層への文化の普及滲透を任務とする出版人の責任でもあった。

一九四五年以来、私たちは再び振出しに戻り、第一歩から踏み出すことを余儀なくされた。これは大きな不幸ではあるが、反面、これまでの混沌・未熟・歪曲の中にあった我が国の文化に秩序と確たる基礎を齎らすためには絶好の機会でもある。角川書店は、このような祖国の文化的危機にあたり、微力をも顧みず再建の礎石たるべき抱負と決意とをもって出発したが、ここに創立以来の念願を果すべく角川文庫を発刊する。これまで刊行されたあらゆる全集叢書文庫類の長所と短所とを検討し、古今東西の不朽の典籍を、良心的編集のもとに、廉価に、そして書架にふさわしい美本として、多くのひとびとに提供しようとする。しかし私たちは徒らに百科全書的な知識のジレッタントを作ることを目的とせず、あくまで祖国の文化に秩序と再建への道を示し、この文庫を角川書店の栄ある事業として、今後永久に継続発展せしめ、学芸と教養との殿堂として大成せんことを期したい。多くの読書子の愛情ある忠言と支持とによって、この希望と抱負とを完遂せしめられんことを願う。

一九四九年五月三日

角川文庫ベストセラー

角川文庫ベストセラー

夢違　恩田　陸

「何かが教室に侵入してきた」。小学校で頻発する、集団白昼夢。夢が記録されデータ化される時代、「夢判断」を手がける浩章のもとに、夢の解析依頼が入る。子供たちの悪夢は現実化するのか？

私の家では何も起こらない　恩田　陸

小さな丘の上に建つ二階建ての古い家。家に刻印された人々の記憶が奏でる不穏な物語の数々。キッチンで殺し合った姉妹、少女の傍らで自殺した殺人鬼の美少年……そして驚愕のラスト！

失われた地図　恩田　陸

これは失われたはずの光景、人々の情念が形を成す「裂け目」。かつて夫婦だった鮎観と遼平は、裂け目を封じることのできる能力を持つ一族だった。息子の誕生で、2人の運命の歯車は狂いはじめ……。

失はれる物語　乙　一

事故で全身不随となり、触覚以外の感覚を失った私。ピアニストである妻は私の腕を鍵盤代わりに「演奏」を続ける。絶望の果てに私が下した選択とは？　珠玉6作品に加え「ボクの賢いパンツくん」を初収録。

小説　シライサン　乙　一

親友の変死を目撃した女子大生・瑞紀の前に現れたのは、同じように弟を亡くした青年・春男だった。何かに怯え、眼球を破裂させて死んだ2人。彼らに共通していたのはある温泉旅館で怪談を聞いたことだった。

角川文庫ベストセラー

鬼談百景　小野不由美

営繕《えいぜん》かるかや怪異譚《かいいたん》　小野不由美

営繕かるかや怪異譚　その弐　小野不由美

ゴーストハント1　旧校舎怪談　小野不由美

ゴーストハント2　人形の檻　小野不由美

旧校舎の増える階段、開かずの放送室、塀の上の透明猫……日常が非日常に変わる瞬間を描いた99話。恐ろしくも不思議で悲しく優しい。小野不由美が初めて手掛けた百物語。読み終えたとき怪異が発動する——。

古い家には障りがある——。古色蒼然とした武家屋敷、町屋に神社に猫の通り道に現れ、住居にまつわる様々な怪異を修繕する営繕屋・尾端。じわじわくる恐怖。美しさと悲しみと優しさに満ちた感動の物語。

微かに三味線の音が響けば、それは怪異の始まり。古い町、神社の祠、猫の通り道に現れる怪異の数々。住居にまつわる怪異や障りを、営繕屋・尾端(おばな)が修繕する——。極上のエンターテインメント。

高校1年生の麻衣を待っていたのは、数々の謎の現象。旧校舎に巣くっていたものとは——。心霊現象の調査研究のため、旧校舎を訪れていたSPR（渋谷サイキックリサーチ）の物語が始まる！

SPRの一行は再び結集し、古い瀟洒な洋館で頻発するポルターガイスト現象の調査に追われていた。怪しい物音、激化するポルターガイスト現象、火を噴くコンロ。怪しいフランス人形の正体とは!?

角川文庫ベストセラー

ゴーストハント3 乙女ノ祈リ　小野不由美

呪いや超能力は存在するのか？　湯浅高校の生徒に次々と襲い掛かる怪事件。奇異な怪異の謎を追い、調査するうちに、邪悪な意志がナルや麻衣を標的にし――。怪異&怪談蘊蓄、ミステリ色濃厚なシリーズ第3弾。

ゴーストハント4 死霊遊戯　小野不由美

新聞やテレビを賑わす緑陵高校での度重なる不可解な事件。生徒会長の安原の懇願を受け、SPR一行が調査に向かった学校では、怪異が蔓延し、「ヲリキリさま」という占いが流行していた。シリーズ第4弾。

ゴーストハント5 鮮血の迷宮　小野不由美

増改築を繰り返し、迷宮のような構造の幽霊屋敷へ集められた霊能者たち。シリーズ最高潮の戦慄がSPRを襲う！　ゴーストハントシリーズ第5弾。

ゴーストハント6 海からくるもの　小野不由美

日本海を一望する能登で老舗高級料亭を営む吉見家。代替わりのたびに多くの死人を出すという。一族にかけられた呪いの正体を探る中、ナルが何者かに憑依されてしまう。シリーズ最大の危機！

ゴーストハント7 扉を開けて　小野不由美

能登からの帰り道、迷って辿り着いたダム湖。そこにナルが探し求めていた何かがあった。「オフィスは戻り次第、閉鎖する」と宣言したナル。SPR一行は戸惑うも、そこに廃校の調査依頼が舞い込む。驚愕の完結。

角川文庫ベストセラー

緑の我が家 Home, Green Home　小野不由美

高校生の浩志が一人暮らしするアパートで起こる怪異の数々。迫りくる恐怖。それは単なる嫌がらせか、死への誘いか。怖いけれど優しい、息もつかせぬホラー&ミステリ長編。

過ぎる十七の春　小野不由美

美しい里山の旧家にかけられた呪いとは？　長男が17歳になることを恐れる母。母と息子に襲いかかる、運命の悲劇の連鎖の幕が開き、運命の春が訪れる——。小野不由美の初期のホラー長編。

もののけ物語　加門七海

招き猫、古い人形たち、銅鏡。見初め魅入られ、なぜか頼られ……。気づけば妖しいモノにかこまれる加門七海のにぎやかな日常。驚異と笑いに満ちたエッセイ集。

巷説百物語　京極夏彦

江戸時代。曲者ぞろいの悪党一味が、公に裁けぬ事件を金で請け負う。そこここに滲む闇の中に立ち上るあやかしの姿を使い、毎度仕掛ける幻術、目眩、からくりの数々。幻惑に彩られた、巧緻な傑作妖怪時代小説。

続巷説百物語　京極夏彦

不思議話好きの山岡百介は、処刑されるたびによみがえるという極悪人の噂を聞く。殺しても殺しても死なない魔物を相手に、又市はどんな仕掛けを繰り出すのか……奇想と哀切のあやかし絵巻。

角川文庫ベストセラー

角川文庫ベストセラー

水木しげるコレクションⅣ ゲゲゲの森の鬼太郎

水木しげる

妖怪の力を封じる一族との戦いを描いた「妖怪危機一髪」。食べると体にカビが生える豆腐の恐怖を描いた「豆腐小僧」など、自然との共存共栄をテーマに、人間社会への風刺も込められた作品集。シリーズ第四弾。

水木しげるコレクションⅤ 天界のゲゲゲの鬼太郎

水木しげる

UFOにさらわれた美女を救出に向かうため、鬼太郎たちがインカへと向かう「地上絵の秘密」、仙人との対決を描いた「壷仙人」など、一味違う鬼太郎ファミリーが楽しめる人気シリーズ第五弾。

水木しげるのニッポン幸福哀歌《エレジー》

水木しげる

水木しげるの「幸福」にまつわる20の物語を描いた、珠玉の短編漫画集。昭和42年に刊行されて以降、誰も見たこともない作品を多数収録。コレクターにとっても目が離せない貴重な短編の数々が一堂に！

おそろし 三島屋変調百物語事始

宮部みゆき

17歳のおちかは、実家で起きたある事件をきっかけに心を閉ざした。今は江戸で袋物屋・三島屋を営む叔父夫婦の元で暮らしている。三島屋を訪れる人々の不思議話が、おちかの心を溶かし始める。百物語、開幕！

あんじゅう 三島屋変調百物語事続

宮部みゆき

ある日おちかは、空き屋敷にまつわる不思議な話を聞く。人を恋いながら、人のそばでは生きられない暗獣〈くろすけ〉とは……宮部みゆきの江戸怪奇譚連作集「三島屋変調百物語」第2弾。

角川文庫ベストセラー

鬼の跫音　道尾秀介

ねじれた愛、消せない過ち、哀しい嘘、暗い疑惑——。心の鬼に捕らわれた6人の「S」が迎える予想外の結末とは。一篇ごとに繰り返される奇想と驚愕。人の心の哀しさと愛おしさを描き出す、著者の真骨頂！

球体の蛇　道尾秀介

あの頃、幼なじみの死の秘密を抱えた17歳の私は、ある女性に夢中だった……狡い嘘、幼い偽善、決して取り返すことのできないあやまち。矛盾と葛藤を抱えて生きる人間の悔恨と痛みを描く、人生の真実の物語。

透明カメレオン　道尾秀介

声だけ素敵なラジオパーソナリティの恭太郎は、バー「if」に集まる仲間たちの話を面白おかしくつくり変え、リスナーに届けていた。大雨の夜、店に迷い込んできた美女の「ある殺害計画」に巻き込まれ——。

スケルトン・キー　道尾秀介

19歳の坂木錠也はある雑誌の追跡潜入調査を手伝っている。危険だが、生まれつき恐怖の感情がない錠也には天職だ。だが児童養護施設の友達が告げた錠也の出生の秘密が、衝動的な殺人の連鎖を引き起こし……。

地獄くらやみ花もなき　路生よる

閻魔様に代わって、罪人を地獄へ送る謎の美少年と、生きることをあきらめたニートの青年が営む〈地獄代行業〉。2人のもとには、今日も妖怪に憑かれた罪深き人々が訪れる。痛快〈地獄堕とし〉ミステリ。